中國歷代書目題跋叢書

〔清〕顧廣圻　撰
黃明　標點

思適齋書跋

圖書在版編目(CIP)數據

思適齋書跋 / (清) 顧廣圻撰;黄明標點. —上海:
上海古籍出版社, 2019.6
(中國歷代書目題跋叢書)
ISBN 978-7-5325-9217-3

Ⅰ.①思… Ⅱ.①顧… ②黄… Ⅲ.①序跋—作品集
—中國—清代 Ⅳ.①I264.9

中國版本圖書館CIP數據核字(2019)第074520號

中國歷代書目題跋叢書
思適齋書跋
[清]顧廣圻 撰
黄 明 標點
上海古籍出版社出版、發行
(上海瑞金二路272號 郵政編碼200020)
(1) 網址: www.guji.com.cn
(2) E-mail: guji1@guji.com.cn
(3) 易文網網址: www.ewen.co
蘇州越洋印刷有限公司印刷
開本850×1168 1/32 印張8.625 插頁5 字數180,000
2019年6月第1版 2019年6月第1次印刷
印數: 1—1,500
ISBN 978-7-5325-9217-3
G·709 定價: 45.00元
如有質量問題,請與承印公司聯繫

《中國歷代書目題跋叢書》出版説明

漢代劉向、劉歆父子編撰《别録》《七略》，目録之學自此濫觴，在傳統學術中發揮了重要作用。歷代典籍浩繁龐雜，官私藏書目録依類編次，繩貫珠聯，所謂「類例既分，學術自明」（《通志・校讎略》），學者自可「即類求書，因書究學」（《校讎通義・互著》），實爲讀書治學之門户。而我國典籍屢經流散之厄，許多圖書真容難睹，甚至天壤不存，書目題跋所録書名、撰者、卷數、版本、内容即爲訪書求古的重要綫索。至於藏書家於題跋中校訂版本異同、考述版本淵源、判定版本優劣、追述藏弆流傳，更是不乏真知灼見，足以津逮後學。

我社素重書目題跋著作的出版，早在二十世紀五十年代，我社就排印出版了歷代書目題跋著作二十二種，後彙編爲《中國歷代書目題跋叢書》第一輯。此後，我社又與學界通力合作，精選歷代有代表性和影響較大的書目題跋著作，約請專家學者點校整理。至二〇一五年，先後推出《中國歷代書目題跋叢書》第二至四輯，共收書目題跋著作四十六種，加上第一輯的二十二種，計六十八種，極大地普及了版本目録之學。面對廣大讀者的需求，我社將該叢書陸續重版，並訂正所發現的錯誤，以饗讀者。

上海古籍出版社
二〇一八年八月

整理說明

顧廣圻(一七七〇—一八三九),字千里,號澗薲、澗蘋,别號思適居士、一雲散人、無悶子。元和(今江蘇蘇州)人。嘉慶諸生。清代著名目録學家、校勘學家。

顧廣圻自署爲陳黄門侍郎顧野王三十五世孫。曾祖、祖、父三代皆業醫。顧廣圻自幼體弱多病,但酷愛讀書。從吴縣江聲處習得惠棟經學,於經史、諸子、訓詁、曆算、輿地等各种學科無不貫通,尤其精於目録學。他所處年代,正是清乾嘉學派的極盛時期。上至名公鉅卿,下至博士學究,無不講求考據之學。藏書、刻書之風盛行。孫星衍、黄丕烈均是其中佼佼者,學術成就彪炳一時,影響深遠。而當時研究目録校勘之學者,無不盛贊顧廣圻的成就,將他與王儉、阮孝緒相比。許多名家争相聘請他去做校勘書籍的工作。他所校過的書,都具有極高的學術價值。如鄱陽胡氏所刻《文選》、《資治通鑒》,陽城張氏所刻《禮記鄭注》,陽湖孫氏所刻《説文解字》、《唐律疏義》,全椒吴氏所刻《韓非子》,吴門汪氏所刻單疏本《儀禮》等,款識字體,全都摹仿宋本。人稱其精妙之處,有超出宋本者。這些書籍的校勘,便全部出於顧廣圻之手。葉昌熾《藏書紀事詩》咏曰:「不校校書比校勤,几塵風葉掃繽紛。誤書細勘原無誤,安得陳編盡屬君。」表達了對他的高度贊美之情。

顧廣圻對校勘書籍的看法是，要做到「唯無自欺，亦無書欺。存其真面，以傳來兹」，主張「凡天下書，皆當以不校校之」。他自號「思適居士」，典故出於北齊著名文學家邢卲，邢卲有大量藏書，而不甚讎校，曰：「日思誤書，更是一適。」顧廣圻自號「思適居士」，亦以「思適齋」來命名自己的文集，即由此引申而來。

顧廣圻與黄丕烈有着長時期的深厚友情，《思適齋集》中許多書序、書跋都是他以黄丕烈的名義撰寫的。兩大目録學家的學術成就交相輝映。黄丕烈士禮居藏書題跋，由近代潘祖蔭、繆荃孫等蒐輯成書。顧廣圻所著，除《思適齋集》十八卷外，一九三五年，版本目録學家王大隆又輯《思適齋書跋》四卷、《思適齋集補遺》二卷問世。本書收入《思適齋書跋》、《思適齋序跋》、《思適齋序跋補遺》三種，總名曰《思適齋書跋》。《思適齋書跋》，王大隆輯；《思適齋序跋》、《思適齋序跋補遺》分别選自《思適齋集》（清顧瑞清輯）、《思適齋集補遺》（王大隆輯）的序跋部分。需要説明的是，《思適齋集》中題跋大部分已收入王氏輯《思適齋書跋》，故《思適齋序跋》祇選其未收部分，以免重複。

黄　明

目録

卷二

史部

卷三

卷四

思適齋書跋補遺

思適齋序跋

思適齋序跋補遺

思適齋書跋

序

吴縣王君欣夫既補輯《士禮居題跋》爲繆藝風所未録者，勒爲四卷，刊板以行，復輯成顧澗薲先生題跋四卷，手録其目，遠道示余，屬爲文以發其凡。自維學殖荒落，老而無成，何敢以蕪詞譾説弁此鴻篇。惟生平癖好古籍，雅嗜校讎，於黄、顧二公夙所崇仰。嘗訝近世之人推尚蕘圃，輯刻題識，至於再三，長箋短跋，搜采不遺。其手校之書，尤爲世貴。稗書小集一卷，懸值百金。肆賈挾以居奇，而人且惟恐或失，甚至以藏書自鳴者。若家無蕘圃手校之書，百城因之失色。而顧於澗薲校録之書，乃澹然若忘，而莫知崇貴。是知庸耳俗目，固不足以言真賞也。夫蕘圃當乾嘉極盛之時，居吴越圖籍之府，收藏宏富，交友廣遠，於古書板刻先後異同及傳授源流，靡不賅貫。其題識所及，聞見博而鑒别詳，巍然爲書林一大宗，舉世推挹之，宜矣。至於澗薲先生者，受業於江艮庭，傳惠氏遺學。當時名賢大師，皆得奉辭承教，故於經學訓故，咸所通曉。其校勘之精嚴，考訂之翔實，一時推爲宗匠。即蕘圃亦自愧弗如。士禮居所刻諸書，泰半經其正定，斯可謂兩賢相得而益彰者矣。王君爲黄、顧鄉人，服膺二先生既久，私惜澗薲題跋，經嗣君河之録入遺集者，祇五十首。其他遺佚正多，百年以來，無人爲之董理。因刻意搜求，馳書四出，博訪旁咨。歷時數載，得一百八十餘篇。余亦發篋藏補其闕遺，從此思適遺文與士禮居竝行天壤，其爲功於典籍，豈淺鮮哉！欣夫之致力於是，可謂勤且專矣。余嘗謂有清一代，以校勘名家者，如何義門、盧召弓，皆博極羣書，撰述流傳，霑溉後學。至中葉以後，潤蕡崛起。持音韻文字之原，以通經史百家之義，其訂正精謹，考辨詳明，與錢竹汀詹事、高郵王氏父子齊驅竝駕。余曩時從楊惺吾假得日本古鈔《文選》三十卷本，以胡刻手加對勘，其中古本之異可以證今本之譌者，凡數百事。因取所附《考異》觀之，凡奪誤疑難之文，或旁引曲證，以得其真；或比附參勘，以知其失。而取視六朝原本，則所推斷者宛然符合。夫以叢殘蠹朽之書，沿譌襲謬已久，乃能冥搜苦索，匡誤正俗，如目見千年以上之本，而發其疑滯，斯其術亦奇矣。余披覽之餘，未嘗不歎其精思玄解爲不可幾及也。今欣夫盡取先生書跋，萃於一編。雖其間多隨時記錄，不盡先生精詣之所存，然學者覽其大凡，參以集中論學之文字，刻書之序錄，尋流以溯其源，則於校讎之學思過半矣。欣夫勤勤輯錄之意，其在斯乎。乙亥十月江安傅增湘謹序。

附來書

欣夫先生史席：昨歲荷頒賜輯刻《蕘翁題跋》，拜誦之下，知我公媚古嗜學，與世殊好，空谷足音，使人抃慰。第日久未及申謝，深用悚歉。前得來書，知近方編刊《思適齋書跋》，屬題字卷端。

今強涂抹附呈，恐貽著糞之誚。弟嘗言近世談校讎者，以黄、顧並稱，其實澗蘋之精詣，豈蕘圃所能企及。耳食者爭寶蕘跋，常斥百金以購一册，用以譁世取名。試以二公遺箸衡量其輕重，澗蘋之詳核精能，當出義門、犖齋之上。若蕘圃者，見聞雖博，而學問殊淺，差與遵王、斧季相伯仲耳。今執事獨有取於思適，且從而振發之，可云先獲我心，敬佩無量！委作小序，誼不可辭。茲以錄呈，敬祈鑒正。若有繆失及文字不當者，乞加以斧削，勿庸謙退。至懇。手此。敬候校綏。

弟傅增湘拜啟。十一月七日

題辭

同邑葉鞠裳侍講《藏書紀事詩》其爲元和顧澗蘋先生作者曰：「誤書細勘原無誤，安得陳編盡屬君。」推挹最至。先生與黄蕘翁並負校勘名，黄以士禮居精刻傳，力又能致舊本。用是蕘圃題跋始刻於潘文勤，而江氏、鄧氏踵之。鈺又與繆小山、吴伯宛隨所見補輯，匯成鉅編行世。澗蘋先生則家世儒素，佐士禮校事外，遞寄硯削於阮元、孫星衍、張敦仁、胡克家、秦恩復、吴鼒諸家，半生精力，盡爲人用。上海徐氏刻《思適齋集》，係據楊芸士當時錄本。題跋則散在各本，未全寓目。鈺題曹君直藏澗蘋詩册曾附私見，謂宜援蕘圃例早圖之，卒卒未果。旋以此事屬望我年家王君欣夫。君先嘗爲蕘圃補年譜、編詩集、補輯題識，比又輯《思適齋書跋》若干篇，附以集外文。排校成帙，即日刊行。來訊謂澗蘋先生爲學得吾吴惠氏之傳，當分經儒一席，即其題識各書，洞徹表裏，與空談板本、博賞鑒名者迥别。以鈺首發此議，屬爲弁言。欣夫既道出先生真際，鈺固無以易之也。嘗讀李《養一集》志先生墓文矣，有曰：「先生之學，惟無自欺。惟無自欺，亦無書欺。存其真面，以傳來兹。屏絕附會，定其然疑。即此尋繹，想見先生當年，峨峨清遠，與古爲稽；遭際承平，得以墨耨筆耕，不知老至。今何時也，有不勝令人歎且羨者。欣夫忠信學禮，軼出時賢。收亡理紛，懃懃如此。一雲可作，知不發蕭條異代之悲矣。欣夫於顧、黄兩家外，又輯陳碩甫先生三百堂遺文印行，聚惠定宇先生校讀書案條録出，成《松崖讀書記》稾本。中吴舊學，賴青箱世業而傳。鞠老與君直往矣。晚交畏友，欽尚彌襟，謰謱不自已，非敢當此書序也。乙亥九月長洲章鈺，舊都北池寓齋謹記。

思適齋書跋卷一

經　部

尚書譜不分卷明鈔本

嘉慶壬申十月，讀於江寧寓中。顧廣圻記。

此旌德梅氏鷟之《尚書譜》也。鷟，明正德間人，驗鈔本字蹟，尚屬出於明代之手，宜其校尋常鈔本獨勝矣。廣圻又記。

惟「人心惟危」一條脱去後半，當用别本補，又次序亦宜更正。「念兹在兹」一條亦係重出，未删。餘皆迴出新本上矣。甲戌再記。以上在《胤征》篇末。

十一日鐙下讀畢。顧廣圻記。

凡舊校失當者，今標舉正之。又記。

甲戌六月再校一過，益歎此鈔本之善，不可輕議删改也。時將寫様刊行，因細加勘定，後之覽者其詳焉。思適居士又記。

新刊本依别本補首卷各條，又補此後一卷。

《澹生堂書目》載《尚書譜》四卷，二册，梅鷟撰。又載《澹生堂餘苑》，鈔本。以上在卷末。

毛詩三卷宋刻本

錢曾《敏求記》云《毛詩鄭氏箋》廿卷，南宋刻本，首載《毛詩舉要圖》者即此刻本也。十年前家兄抱沖收得之，藏於小讀書堆，近始借在西湖寓館，校讀一過。所見毛、鄭《詩》本子莫有舊於此者，洵足寶已。嘉慶壬戌九月初一日，元和澗蘋居士顧廣圻書。

詩外傳十卷元刻本

此綬階袁君三硯齋藏書也，無刊刻序跋、歲月，袁君定之爲元本云。近從借歸，以勘程榮、毛晉諸刻，實遠勝之。如稱《詩》與載王伯厚《詩考》者不異，字句多寡與諸子書每相出入，亦與唐、宋人注書及類書所引往往有同者。且其標目分條以至佚字脱句皆未失古意，足正後來不能闕疑之非。即宋本之善，應不過是也。内失葉二十餘翻，他本無足中補寫者。余謂宜但作烏絲闌，虚以待焉，想袁君亦必以爲當也。乙卯九月，澗蘋顧廣圻書。

儀禮注疏十七卷校宋本

嘉慶庚申，元和顧廣圻覆校。於經注云宋本者，張忠甫所謂嚴本是也。以《覲禮》「載大旆」定之，餘亦合。七月十三日記。

儀禮疏五十卷宋刻本

《儀禮》一經，文字特多譌舛，深於此學者，每讀注而得經之誤，又讀疏而得注之誤，然則疏之爲用至要而不可以不校者也。校疏諸家，大概見於盧召弓氏《詳校》中。乃浦聲之多憑臆之改，金檏園惟《通解》是從，識者又病之。無他，不見善本之過而已。此宋時官本疏，分卷五十，尚是賈公彥等所撰之舊。不佞在士禮居勘之一過，於行世各本補其脫，删其衍，正其錯謬，皆不可勝數。其所標某至某，注某至某，尤有關於經注，而各本刊落竄易殆盡，非此竟無由得見。實於宋槧書籍爲奇中之奇，寶中之寶，莫與比倫者也。竊謂儻剟其菁英，句排字比，勒成一書，流傳寓内，庶幾賈氏之精神不蔽，而問途此經者享夫榛蕪一闢之功。然自揣才力拙薄，曷克斯任，姑引其端，用以俟夫方來之哲焉耳。嘉慶五年歲在庚申七月，元和顧廣圻識。

儀禮圖十七卷儀禮旁通圖一卷宋刻本

余爲蕘圃校《儀禮》，嘗見此書，其中無算爵圖暨司射誘射、聘禮之授使者幣、使者受命之圖，凡諸舊本俱有脱誤，獨此無絲毫舛錯，洵善本也。

儀禮要義五十卷宋刻本

右宋槧本魏文靖公《儀禮要義》五十卷，歸安嚴君九能藏書也。嘉慶壬戌，九能攜至西湖余所寓居相示，並别有手鈔者一部見借。余久聞此書，今得觀焉，乃歎賞，以爲真天地間第一等至寶，不徒因宋槧而珍重者也。今之《儀禮注疏》依十七篇爲卷，而賈氏之原第世不復見。向在吾郡黄氏傳校其所藏景德六年單疏本，詫爲得未曾有，但其本失去卅二至卅七六卷，是一大闕陷事。今用此書以相比校，則其分卷之處，景德本所有既合若符節，景德本所無正釐然具存，一一可取以補全之也。即此而爲功於賈書者，不甚大哉！至其文句與今本異者，必與景德本合。如《聘禮》記「對曰非禮也敢」，唐石經「敢」下衍一「辭」字，自宋以來，經注各本皆仍其誤。賈疏云「介則在旁，曰非禮也敢」，張忠甫嘗據之以證「辭」之爲衍字者也。今注疏本反依誤本經注增「辭」字於下，致爲鉅謬，唯景德本及此則儼然未有也。此類尚夥，當以卒業後悉標識於鈔本，兹特撮舉其厓略，書於後而還之。六月初七日，元和顧廣圻記。

中丞阮公將爲《十三經》作《考證》一書，任《儀禮》者爲德清徐君新田。新田與九能有婣親，曾傳鈔是書，近日復從余所持舊校景德本去，臨出一部，將來此二書者，皆必大顯白於天下。然溯導河所自，則此本與景德本實爲昆侖源也。廣圻又記。

儀禮要義五十卷景宋鈔本

丙子六月再讀，廣圻記。卷五後。

丙寅二月重勘，起此卷，時在江寧郡齋，廿六日記。卷十九後。江寧寓館鐙下校，澗蘋記。卷廿四後。

單疏通爲一卷。卷廿六上。

右三卷，賴以正今本注疏之誤者特多，以下三卷差少。於此益惜單疏本之不完也。江寧寓中鐙下讀，並記，澗蘋居士。卷卅四後。

自卅二卷以下，單疏闕六卷。使無《要義》，并厓略亦不得知矣。此書之可寶在是也。澗蘋漫記，卅日覆校。卷卅七後。

五月十一日，江寧寓館續校，起此卷。時新合刻注疏始成《鄉射》、《大射》二篇。卷卅八後。

右借歸安嚴九能手鈔本寫，宋槧即嚴所藏，壬戌六月曾攜至西湖相示，余爲作兩跋也。文煩不具錄。甲子五月，顧廣圻記。

丙寅六月廿五日，用單疏本互勘一過，時在江寧寓館。澗蘋居士。卷五十後。

禮記二十卷宋刻本

此撫州公使庫刻本《禮記》，是南宋淳熙四年官書，於今日爲最古矣。末有名銜一紙，裝匠誤分入釋文首，不知者輒認以爲舊監本，非也。嘉慶丙寅，顧廣圻題。

近張古漁太尊開工重雕行世，嘉惠學子，兼成先從兄收藏此書之志，良可感也。若古香馣馤，原本獨絕，我小讀書堆中其永永寶之哉。澗蘋并記。

禮記釋文四卷宋刻本

南宋槧本《禮記》鄭氏注六册，明嘉靖時上海顧從德汝修所藏，後百餘年，入崑山徐健菴司寇傳是樓。兩家皆有圖記。乾隆年間，余從兄抱沖收得之，其於宋屬何刻，未有明文也。有借校者臆斷爲毛誼父所謂舊監本，而同時相傳皆沿彼稱矣。抱沖續又收得單行釋文兩種，一《禮記》，一《左傳》，亦皆南宋槧本。《禮記釋文》即此也，與《禮記》板式、行字以至工匠記數罔不相同，而名銜年月在焉。余於是始定《禮記》之即淳熙四年撫州公使庫刻也。其《禮記》以嘉慶丙寅歲陽城張太守古餘先生見屬刊行，是時抱沖已沒，遺孤尚幼，《釋文》一時檢之弗獲，聊用通志堂所翻單本附於後，使讀者足以悟其爲撫本而已。倏忽以來，又一星終，每念此既一刻，余實知之，獨未能合併而傳其真，豈非尚留遺憾乎？爰促姪望山尋出，及今病中自力細勘一過，是正翻本之誤不少，將一一改回，以復其舊。但太守久移江右，余復留滯鄉里，未審何日方了此願耳。元書裝四册，無前人圖記，不詳出自何家。由此而推，通志堂當别有一印本云。庚辰孟秋處暑後五日，元和顧廣圻千里甫記於楓江僦舍。

大學合鈔六卷稾本

右《大學合鈔》六卷，陸朗甫中丞遺書也，可謂博學而詳説之矣。惜未經刊刻，聞其家藏圖籍散落殆盡，未識尚有他種否。道光戊子秋九，顧千里觀，并記。

經典釋文三十卷校本

余嘗言，近日此書有三厄：盧抱經重刻本所改多誤，一厄也；段茂堂據葉鈔更校，屬其役於庸妄人，舛駮脱漏，均所不免，二厄也；阮雲臺辦一書曰《考證》，以不識一字之某人臨段本爲據，踳駮錯誤，不計其數，三厄也。彼三種書行於天壤間一日，則陸氏之真面目晦盲否塞一日。計惟有購葉鈔原本，重加精雕，而雲霧庶幾一掃，其厄或可救也。余無其力，識於此，以待愛惜古人者。澗蘋居士書。在卷首。

武進臧庸堂在東氏用葉林宗景宋本校，元和顧廣圻臨。

近知此人好變亂黑白，當不足憑據，擬借元本一覆之。壬戌正月記。

右一卷何小山用元修本校，著下方墨筆是。以上在卷一末。

壬戌八月，西湖孤山寓中續校此《毛詩》三卷，用何夢華臨段本，校語仍以墨筆爲識，袁氏本所不全也。在卷五首。

十一月，在黎川湛華堂讀。中間瘧病大發，屢作屢輟，殊苦不貫穿也。澗蘋記。

癸亥春正，重校宋本。宋本《園有桃》篇「棘」俗作「蕀」同，當以《集韻》證之。《白華》篇一音於驕反，可訂《六經正譌》之謬。皆一字抵千金矣。世間瞽人，往往詆宋本不足重，呵佞宋者爲淺學。彼固未嘗究心於鉛槧耳。澗蘋又記。以上在卷五末。

壬戌十一月九日，黎川湛華堂重讀此卷一過，以毛居正《六經正誤》證之，葉鈔從宋時潭本出。澗蘋居士記。在卷六末。

嘉慶壬戌十一月初九日，黎川湛華堂讀訖。澗蘋記。在卷七末。

甲寅春，假顧抱沖所藏宋余仁仲刊本《周禮》附《釋文》校，所附《釋文》全載，其注中已具，則不復出。首卷鈔補十一葉，而《秋官》兩卷全是鈔補，故未校。鈕樹玉。

後十年，嘉慶甲子，澗蘋錄。以上在卷九末。

《禮記釋文》撫州公使庫本，通志堂曾翻雕單行。余近得之，惜無暇日借宋槧一校耳。千里識。在卷十一首。

此及十三袁綬階校撫州公庫本，凡二卷。五月望日臨，以墨筆爲別，澗蘋記。

宋槧覆校，千里。以上在卷十一末。

宋槧覆校補正如右。庚辰七月，千里。

墨筆是淳熙四年於撫州公使庫刊《禮記》後《釋文》也。今藏小讀書堆，通志堂有單行翻本。澗薲記。以上在卷十四末。

《春秋》、《經典釋文》六卷，南宋槧本，亦小讀書堆藏。其本乃附《春秋經傳》後者。鈕非石校一過如右，在乾隆甲寅年。澗薲記。在卷二十末。

《公羊》、《穀梁》異同絕少，必有不盡處。甲子五月記。在卷二十二末。

廿一日補臨此三卷訖，澗薲記。在卷二十八末。

經典釋文三十卷校本

予嘗言近日此書有三厄：盧抱經新刻本多誤改，一厄也；段先生借葉鈔重校，而其役屬諸庸妄人之手，未得其真本即此，二也；阮中丞辦《考證》，差一字不識之某人臨段本爲據，又增出無數錯誤，三也。以此而陸氏身無完膚矣。葉鈔原本在天壤之間，真有一髮係千鈞之危，安得真心好古之士，重爲刊刻，以拯三厄，則先聖遺經實嘉賴之，豈惟陸氏受其賜乎。吾願與綏階禱祀以求之也。嘉慶甲子五月十九日，書識於無爲州寓齋中，時將以此本還五硯樓。距始借時閲五歲云。澗薲居士顧廣圻記。

元本今藏香嚴氏，儻重借出精校一本，於拯厄亦有萬一之冀耳。又記。

唐石經考異不分卷鈔本

嘉慶辛酉元和顧廣圻借録一部訖，時寓西湖孤山之蘇公祠中。

爾雅三卷宋刻本

道光甲申春仲，從藝芸書舍借來，細勘一過，知其佳處，洵非以後諸刻所能及也。思適居士顧千里記。

異日當并單本邢疏再勘。三月朔又記。

釋名疏證十卷經訓堂刻本

顧千里再校一過，時距先師徵君之沒幾二十年矣。楓江僦舍鐙下記。

博雅十卷景宋鈔本

此正德乙亥文硎山人跋本《博雅》，載《讀書敏求記》中，其標題曰「博雅」，因是用曹憲注本故爾。

今自畢效欽以來本悉改復張揖舊名，似是而實非矣。揖表向在後，觀晁氏《讀書志》可見，今本移於卷首，亦非也。他如《釋詁》「官，君也」，見《廣韻》二十六桓〔一〕，今誤爲「宫」。「桓，憂也」，與《方言》一同，今誤爲「柏」。「嬴，好也」，今誤从「羸」，字書無此字也。「覩，視也」，引見《集韻》六脂，今誤爲「靚」。「艮，甃也」，即《方言》「艮，堅也」，今誤爲「良」。「慏〔二〕，廣也」，引見《集韻》二十三錫，今誤爲「暝」。「縪，闌緩也」，「鱧，巢健也」，「繬，色縫也」，今皆誤音爲正文。「組，縫也」，引見《集韻》二十三襇，今誤爲「組」。「僚、眙、止、待、立，逗也」，逗，《說文》「止也」，今誤爲「逼」。「莢，箴也」，今誤爲「策」。「扚，擊也」，今誤爲「杓」。「迒，迹也」，見《爾雅·釋獸》、《說文·辵部》，今誤爲「亢」。「徐，遲也」，即《說文》「徐，緩也」，今誤爲「徐」。《釋言》「誰，呵也」，見《漢書》志、《史記》本紀，今誤爲「譙」。《釋詞》「鍧銅」〔三〕，引見《集韻》一東及一屋，今誤不可識。「諱，欺也」，見《集韻》十八隊及三十七號〔四〕，今誤爲「評」。《釋器》「瓨，瓶也」，今所誤不知所從。「篩謂之薄」，今誤爲「簿」。「釬，鐏也」，字在翰韻〔五〕，今誤从「于」。「蒣，笏也」，今誤爲「蒢」。《釋樂》「大護爲護」，與上諲譔字例不一。《釋邱》「陴、洋，厓也」，引見《集韻》十九侯，今誤爲「洋」〔六〕，益不可通。《釋草》「郝蟬，丹蔘也」，引見《御覽》，今誤「丹」爲「也」。《釋木》「梅、檻，棟也」，引見《集韻》五十城，今誤从「扌」。「樢，柔也」，今誤爲「柔」。《釋魚》「鱄、鮃，鮈也」，今誤爲「鰰」，字書亦無此字。其餘偏旁音切足資是正者，往往多有，洵善本也。支硎山人，錢遵王謂惜逸其名氏，然跋後副葉有與劉太守札草稾，自名曰庠，曾爲河南巡撫。壬申歲以戶侍歸。

其別墅曰東溪。著《東溪吟稾》、《續稾》，求楊儀部序，似非必不可考者。姑識以待熟於明代事蹟者而訪焉。札稿文云：前者刻成拙稾，尚未有序。愚意欲求儀部楊先生佳章冠諸篇首，然先生文章高古，足以傳後，但甚難求，須煩親自造府一言，未知肯許否也。又詩鄙俚不足取，但因備員巡撫河南，論事忤時，以戶侍告病歸，其東溪別墅，則隱居之所或采山釣水，賦詩適興，而愛君憂國之念，未嘗少忘，亦煩道達，於文發之。溢美之言所願聞，尚容專謝，庠拜告劉太守賢友。舊日曾有《東溪吟稾》二册，此則壬申歲自河南回所作，故云《東溪續稾》也。大清嘉慶元年九月十有二日，澗薲顧廣圻書於士禮居。

廣雅十卷明刻校景宋本

凡此本脱落處，畢效欽本有之。其改正出畢本外者，又得百十字。景宋本之所以爲獨善於他刻也。若傳寫久譌，必博考羣籍而後得之者，則有王氏《疏證》在。然《疏證》實有取資於景宋本，則誠讀此書者之所不可廢矣。澗薲校畢記。

嘉慶壬戌，在西湖孤山與蕭山徐君北溟同住，辱以嘉靖時吾郡沈辨之野竹齋校雕韓嬰《詩外傳》見贈，乃於行篋檢此報之。北溟熟於此學者也，景宋本之善，當共忻賞焉。景宋本今藏同里黄蕘圃氏，向曾爲之用畢效欽刊本校出一部。有人借以寄王懷祖先生，今載入《疏證》中也。元和顧廣圻記。

急就篇一卷校本

宋淳熙十年趙汝誼校刻顔師古注《急就篇》，羅願爲之記者，已不傳。王伯厚因其本作補注，刻在《玉海》後，故獨存。首列至道御書，而分注碑本、顔本、李本、黄本、越本五家異同。碑本「皇象書」即羅記所云「今世有一本，是吴皇象寫三十一章」者也。又宣和二年葉夢得題，言「右章草漢黄門令史游《急就》二千二十三字，相傳爲皇象書，摹張鄧公家本」。張必碑本，葉從而摹之，與趙、羅所見皆全文，而今本不可得見矣。唯明正統間楊政重摹葉殘本尚在松江府學，余收有拓本，遂校之一過。

説文解字十五卷毛斧季校本

段先生跋此後一月，即成汲古閣《説文訂》刊行，今以此本覆勘《訂》所稱初印本及剜改如言部譱下一條，叒部湯谷一條，水部滮下一條，丿部房密切一條，甲部古文一條皆不合。又如萑部舊字下，羊部羖字下，肉部肊字下，初印本不誤，《訂》未明言之，又可訂而未載入，亦往往而有。然則後之讀此本者無竟以爲得魚之筌可也，嘉慶庚申借閲於滃塘，識是以歸之。

説文繫傳四十卷校本

此新刻《繫傳》校舊鈔本，十一至二十凡十卷多脱誤，癸亥七月草草録一過。二十三日澗蕒記。

新集古文四聲韻五卷鈔本

柯溪居士得夏竦《集古文韻》鈔本，首有紹興乙丑齊安郡守晉陵許端夫序。以其與乾隆間歙人汪啓淑刻本迥乎不同，屬余審定。余案英公此書從前甚祕，近因汪刻，遂得頗行。汪所據者，景寫北宋本也，而此乃南宋本。未經重刊，故見者絕少。唯全謝山從天一閣借鈔，曾有題跋，觀許序知其正合。柯溪家山陰，與鄞鄰近，殆同出一源耶。夫書之爲物至多，人生讀之難徧。以謝山之博覽而弗知北宋本之尚存。如僕者，雖知別有南宋本，而垂老始獲一見於柯溪之得，然則目錄之學亦豈易言哉。范氏原本已散落，新編目無之。吾更願柯溪善爲什襲，勿輕借人也。道光三年小雪後三日，元和顧千里書於思適齋。

六書統溯源十三卷元刻本

壽階吾兄先生閣下，奉到手示，並各册，循覽一過，皆真舊刻本。內《六書統溯源》乃元槧之至精者，考據既極精微，收羅尤爲宏富。惜不爲佞宋主人所見，刻入士禮居內以餉海內說篆家。留案頭十日，遲遲奉繳，愛不釋手耳。此復即問箸安不一，弟顧千里頓首。

廣韻五卷宋刻本

世所行《廣韻》有三，其本各不同：家亭林先生刻節注本也；吾郡張氏刻足本也；而揚州詩局所刻，平上去皆足，入聲則節注。其兩節注之本又不相同。今年於洪鈐菴殿撰家獲見所收宋槧，有曹楝亭圖記者，第五册乃别配又一宋本，正揚州本之所自出，證以潘稼堂爲張氏作序，言見宋鋟於崑山徐相國家，借録以歸。張子士俊得舊刻於毛氏，而闕其一帙，余乃畀以寫本。雖潘未舉所闕何帙，然此無子晉、斧季父子圖記，決非一本可知。張曹不同之故及《節注》又不同之故，則見此而皆了然矣。長夏無事，粗讀一過，又知局刻校讎不精，多失宋槧佳處。即如去聲豔第五十五，㮇同用；陷第五十七，鑑同用。鑑第五十八，釅第五十九，梵同用。次序分合，猶存《廣韻》之舊。視張刻之依《禮部韻略》豔與㮇、釅同用，陷與鑑、梵同用，而移釅於陷、鑑前，改爲釅五十七、陷五十八、鑑五十九者迥勝。乃曹氏重刻時反依張轉改，何歟？且其轉改實在刻成之後，故於目録僅將釅、陷、鑑三大字鑿補，而小字任其牴牾。近時戴東原撰《聲韻考》，目之爲景祐後塗改，不知其出曹氏手，失在未及見此耳。戴所見世行三刻及明大板外，僅有盧侍講藏舊本，鈐菴家亦有之。即明大板及亭林本之所自出，節注之祖也，係元代坊板，遜宋槧遠甚固宜。然則宋槧誠至寶矣。其餘曹依張改字處殊復不少，不知張氏刻書好爲點竄，如《玉篇》，如《羣經音辨》，以舊本勘之，往往失真，非獨《廣韻》也。安得傳是樓完本一旦再出，盡刊潘氏轉寫張氏意改之誤，且更與此本添一重印證。道光元年歲次辛巳，處暑後十日，元和顧千里記於環翠山房。

廣韻五卷元刻本

今世之爲《廣韻》者，凡三。一，澤存堂詳本，一，明内府略本，一局刻平上去詳而入略本，三者迥異，各有所祖。傳是樓所藏宋槧者，澤存堂刻之祖也。曹楝亭所藏宋槧第五卷配元槧者，局刻之祖也。此元槧者，明内府刻及家亭林重刻之祖也。局刻曾借得祖本校一過，知其多失真。澤存堂刻各書每每改竄，當更不免失真。惜未知祖本何在耳。明内府本得此相校，亦多失真，所謂開卷東字下「舜七友東不訾」，即謁「七友」作「之後」者也。亭林重刻，自言悉依元本，不敢添改一字，而所謁皆與明内府板同，是其稱元本者，元來之本，而亭林仍未嘗見元槧也。至朱竹垞誤謂明之中涓删注始成略本，不審何出，但非得見祖本早在元代，固末由定其不然矣。其或目此爲麻沙小字宋槧，則書估爲之，無足憑信也。又案：局刻所配入聲，與此亦迥異，疑宋代别有略本流傳如此，附書存之以俟考。

廣韻五卷校本

惠松厓先生閱本，乾隆乙卯小門生顧廣圻録。原書附《更定四聲稾》，别爲一書，故不具。閏月十二日敬識。

段若膺先生校尤精確，五月五日借讀爰并録焉，廣圻又識。

嘉慶乙丑再讀，覺舊校多未妥，廣圻又記。

乙丑三月以《集韻》勘，彼不載者，△其旁爲識，澗蘋。

道光辛巳再閱，千里。

嘉慶乙丑三月重讀，時在邗江郡齋。廿四日所居藝學軒五間拉然而壞，急走得免。此帙從瓦礫中取出，亦未破損，安知非神物護持耶。

集韻十卷 校本

右臨段茂堂先生校本，朱筆爲依宋，墨筆以其意改者也。元悉朱筆，頗疑以意改，略有錯入，依宋處尚須用漪塘景鈔本細意覆勘耳。嘉慶乙丑二月，時寓秦淮河上。乙丑三月，以《廣韻》對讀。廿四日竟此卷，時在邗江郡齋。以上在卷一後。

此書全與《類篇》相副，不得宋槧，惟當據彼定此，則凡屬意改者差可別識矣。三月廿七日。

向聞書賈錢聽默說，宋槧本在揚州汪某家。近啓古餘先生從之借觀，堅不肯出，惜哉惜哉。廿九日鐙下記。

宋槧本《經典釋文》亦在其家，皆天下寶書也，又記。以上卷末。

班馬字類五卷景宋鈔本

《字類》有繁簡二本，此繁本也。翻刻者頗古雅，用校舊鈔，仍小小異同。盧抱經嘗言：不可以有刻本而棄鈔本，此其比矣。戊子歲除前一日，一雲老人記，時年六十三。

六書說一卷刻本　補遺

先師是說甚有功於小學，手篆勒石，未久失去。今依拓本重墨於板，唯後之講求六書者傳焉。嘉慶旃蒙大困獻壯月，弟子顧廣圻謹識。

思適齋書跋卷二

史　部

漢書一百二十卷宋刻本

顔注班書行世諸刻，大約源於南宋槧本。文句或用三劉、宋子京之説，或校刊者用意添改，往往致譌，而賸字尤多。此以後人文理讀前人書之病也。唯是刻乃景祐二年監本，獨存北宋時面目。惜補板及剜損處無從取正，然據是可以求其添改之蹟，誠今日希世寶笈也。後之讀者幸知而珍重之。嘉慶戊午用校時本一過於讀未見書齋，其所取正文多别記，茲不論。澗蘋顧廣圻。

前漢紀三十卷後漢紀三十卷明刻本

此明行人司書，每册皆有圖記，惟首册爲不知何人撕去一葉，故獨無之。殘紙尚存釘縫中，可驗也。《東澗書目》中載有《行人司書目》，其所儲當夥，今僅見此爾，是有足賞玩者。十年前在余笥中，旋爲人取去，後始知其源流，欲仍歸之而未得。乃轉售賈人，爲讀未見書齋主人所有。因得重閱一過，遂識數語，以告後之藏此書者。嘉慶己未十一月，顧廣圻。

資治通鑑二百九十四卷元刻本

《通鑑》晉咸寧五年，「禹分九州，今之刺史幾向一倍」，注云：「時有司、豫、徐、兗、荆、揚、梁、益、寧、交、秦、雍、凉、冀、幽、并、青十八州刺史。」今案：景參既云十八州刺史，而上文則司一、豫二、徐三、兗四、荆五、揚六、梁七、益八、寧九、交十、秦十一、雍十二、凉十三、冀十四、幽十五、并十六、青十七而止，尚闕其一。余以《通典》、晉宋兩《志》、溫公《考異》互考之，知本於「幽」下有「平」字，而以平爲十六，并爲十七，青爲十八，故云十八州刺史也。元板刊刻時遺落「平」字，失景參之舊耳。《通鑑》正文於上泰始十年閏月明書分幽州置平州，尤屬確證。但景參十八州刺史之説，卻有微誤，何則？《通鑑》正文於下太康元年十月始書「是歲以司隸所統郡置司州」，又《晉志》云「晉武帝太康元年，既平孫氏，省司隸置司州」，是咸寧時所統郡方屬司隸校尉，不得有司州刺史名目矣。所謂「今之刺史幾向一倍」者，正指刺史有十七，并司隸則十八而爲言。景參注欠分晰，便似咸寧五年之前，已立司州刺史，其爲微誤，不可不知也。讀全書者若於如脱「平」字之類，得元板之所譌，於咸寧無司州刺史之類，得胡注當辨正，而未經前人舉出者，條舉件系，各爲之考證。昔人有言，精索而粗用，深探而約見，爲後學垂益於無窮，其庶幾乎。

嘉慶癸酉，書於江寧寓館，時方爲鄱陽中丞重開雕是書也。

通鑑紀事本末四十二卷宋嚴州刻本

建安袁樞《通鑑紀事本末》宋槧凡二，其一爲小字本，王伯厚《玉海》所言「淳熙三年詔嚴州摹印一部」者也；其二爲大字本，節齋趙與篙於寶祐丁巳重刊而序之者也。大字本之板，前明尚在南監，故外間印本不少。小字本則僅有宋印耳。此部爲崑山徐尚書所藏，卷端鈐其名號圖記，通帙精善，尤可寶貴矣。道光癸未陽月程稟初媚孟出以見示，屬加審定，爰書是而貽之。顧千里記。

逸周書十卷校本

《周書》刻本類脱「王會解」中卜人至鍾牛廿行，元至正甲午本之一葉也。此尚是全璧，其餘佳處亦每與元本合，洵足稱善。然如撰序人黄玠，元本行書，故爲「玠」，而此乃楷書，作「玢」。遂致後來盡沿斯誤。書以本愈舊爲愈佳，豈不信乎？乾隆甲寅九月借讀於黄君蕘圃，附記此而歸之。澗薲顧廣圻書。

建康實録二十卷鈔本

此鈔本《建康實録》得之滋蘭堂朱氏者也。所校改據周漪塘家汲古閣所藏宋刊本。宋本紙有破損，印有模糊處，此悉空其字，即從之鈔故也。首序一通，宋本有而此脱，胥鈔亦多誤落，今並補正。唯元失之葉則闕如也。其模糊而存痕蹟，求之陳壽、沈約、李延壽諸家之書，審視熟揣，補其合者，未必不於宋本轉有補也。小讀書堆及袁氏貞節居皆嘗倩手從此寫一部。然惜其時未經較也，得之以乾隆戊申，今歸讀未見書齋，則爲嘉慶己未歲也。顧廣圻記。

元朝秘史十卷續集二卷景元鈔本

《元朝秘史》載《永樂大典》中。錢竹汀少詹家所有，即從之出，凡首尾十五卷。後少詹聞桐鄉金主事德輿有殘元槧本，分卷不同，屬彼記出，據以著錄於《元史・藝文志》者是也。殘本主事嘗攜至吳門，余首見之，率率未得寫就，近不知歸何處，頗用爲憾。去年授徒廬州府晉江張太守許，見所收景元槧舊鈔本，通體完善。今年至揚州，遂慫恿古餘先生借來覆景此部，仍見命校勘，乃知異於錢少詹本者，不特分《元朝秘史》十卷續集二卷一事也。即如首卷標題下分注二行，右「忙豁侖紐察」五字，左「脱察安」三字，必是所署撰書人名銜，而少詹本無之，當依此補正。其餘字句行段，亦往往較勝，可稱佳本矣。校勘畢，記其顛末如此。若夫所以訂明修《元史》之疏略，少詹題跋洎《考異》中見其大概，引而伸之，唯善讀之君子。玆不及詳論云。嘉慶乙丑七月，書於郡署六一堂。

國語二十一卷 校宋本

明道二年所刊《國語》印本不可得見，此景寫者。時章獻明肅劉后臨政，諱其父名，「通」字每闕一筆，今所寫尚然，精審可知矣。傳校本外間多有，余亦屢見之，錯誤脫落均所不免。近陳氏樹華曾著《外傳考正》，所據亦傳校本，故終不得其要領。如《周語》「欲城周」注：欲城周者，欲城成周也。今本正文衍「成」字，并添注「爲甚蕪累之語」。《魯語》「魯夫人辭而復之」，今本「夫人」作「大夫」，若是，則敬姜何以爲別於男女之禮乎？又「笑吾子之大也」，注謂驕滿也，蓋「大」即驕泰字，今本於正文加「滿」字，遂改注謂爲「滿」以就之，此類往往未經考正。往者惠松厓先生借陸敕先所校於沈寶硯，寶硯祕不肯出。今蕘圃黄君乃以真本見借，所獲抑何奢歟。悉心讎勘，兩逾月始克歸之。自今而後，宋公序以下本皆可覆瓿矣。乾隆乙卯六月四日澗蘋顧廣圻書。宋槧《通鑑外紀詳節》「魯夫人辭而復之」，與明道本合。明板改「大夫」，失道原之舊矣。辛未十月。

國語二十一卷 明刻本

《國語》韋昭注，宋明道二年刻本校癸丑五月從段懋堂先生借得傳錄宋本，譌字反較此本爲多，悉仍其舊存之。異日尚當參稽他書，審定去取也。初九日鐙下校畢因記，顧廣圻。

懋堂先生校語錄上方爲別，又記。

凡筆乙去處皆不用宋本，十一月圻重閲又記。

乙卯六月景宋本重勘，凡補段君校所遺又如干字，多記於上方。向謂宋本多譌，乃惑於宋公序補音耳。二十一日記。

國語二十一卷校宋本

乙卯夏日用景宋本覆校一過，澗蘋顧廣圻記。

高注戰國策三十三卷景宋鈔本

吴師道云剡川姚宏續校注最後出，予見姚注凡二本，其一冠以目錄、劉序，而置曾序於卷末。其一冠以曾序，而劉序次之云云。此即所謂冠以曾序之本也。宋槧原出梁溪安氏，陸敕先亦據以鈔校，刻入盧氏雅雨堂，但失其真矣。其冠以目錄、劉序本出梁溪高氏，宋槧之極精好者。今在黃蕘圃家。近將重爲刊行，於此有異同。此本世鮮蓄之者，自是《戰國策》一重公案。後人勿因其一刻再刻而漫視之也。嘉慶癸亥五月書此留示阿和、阿道。回數家兄下世，已閲七年，爲之泫然。澗蘋居士廣圻記。

戰國策三十三卷景宋鈔本

高氏《戰國策》姚伯聲校宋槧本有二，皆見蒙叟之跋。一得於梁溪安氏，再得於梁溪高氏。迨後高氏本曾在長塘鮑丈淥飲以翁處，有嘉慶癸亥翻刻者是也。今歸長洲汪閬源家。安氏本僅見景寫者，向爲小讀書堆所收，今與真本皆不知歸何許矣。此則有堂吴子先世之遺，亦從安氏本景鈔，行款筆蹟幾乎無二。展玩再四，恍如宿覯。唯每册有錢楚殷圖記爲少異耳。楚殷最多祕笈，何義門學士手校題跋，每言從之借來。距今百年，流轉就稀。想乾隆間入璜川者或非一種，而余之寓目則止此而已。吾願有堂其尙善保之哉。

名臣碑傳琬琰集八十卷宋刻本

孫淵翁從五硯主人得此，知少上集。時在德州，札余屬購其全寄去，因以重者見歸。忽忽十餘年，未曾一讀。前歲張古餘留一鈔本於揚州，近始攜回，兼借他本勘對，正其錯，補其闕，去其重，略得就緒，視鈔爲勝矣。中集十七卷第六葉仍闕如也。憶小讀書堆藏初印本，似宜有之，惜今不知散落何地。即淵翁家全本，亦不審無恙否耳。上集補鈔，另爲帙，仍闕廿七卷第五葉。道光四年三月望前三日。

吴越春秋十卷 校宋本

嘉定甲申《吴越春秋》景鈔本也。初閱第九卷越女劒事，「女即捷末」下多「袁公操其末」。案「本」字之誤。而刺處女，女應即入之，三入，處女因舉杖擊之」共廿三字，與《御覽》、《類聚》、《選》注所引合，遂全勘一過。其他佳處似無過此者，然較諸此本固勝矣。乾隆甲寅九月十六日顧廣圻記。

華陽國志十二卷 校鈔本

嘉應癸酉再讀於江寧寓中，澗薲記。卷一末。

嘉慶癸亥十月校，澗薲記。癸酉五月江寧寓中再讀，又記。卷四末。

癸酉四月重讀。卷五末。

癸酉五月再讀於江寧寓中。卷七末。

癸酉三月再讀於江寧寓中。卷八末。

廿七日校，澗薲。癸酉四月再讀於江寧。卷九末。

癸酉五月再讀於江寧寓中，澗薲記。卷十末。

此從常熟馮氏空居閣本景鈔者，馮本余收得，今歸袁綬階。又黄蕘圃有何義門手批錢罄室家本，從吾師張白華先生得之。行款正同。聞吴方山有鈔本在某人處，想亦無異。後見之果然。皆出於宋嘉泰刻本，故迥非俗刻可比。余屢欲取《史記》以下各史及《水經注》、《太平寰宇記》等書詳加訂正，重刻行世。忽忽無暇，展卷，不勝日月逝矣之歎也。嘉慶癸亥十月廿一日，澗薲居士鐙下記。

閱十年癸酉，爲孫觀察校刊於江寧。凡事自有定數如此，又記。

陸游南唐書十八卷校本

汲古閣初刻陸氏《南唐書》，舛誤特甚，此再刻者，已多所改正。然如《讀書敏求記》所云，卷例倶遵《史》、《漢》體，首行書某紀某傳卷第幾，而注《南唐書》於下，今流俗鈔本竟稱《南唐書》本紀卷第一、卷二、三列傳亦如之，開卷便見其謬者尚未改去，其他沿襲舊譌可知其不少矣。陸敕先校本藏小讀書堆，傳臨一過，頗多裨益。藏諸篋中久矣。今蕘圃話及此書未得佳本，而余適欲得其重本之《野客叢書》，因舉以相易。蕘圃其姑儲此以俟，特未審遵王所藏，敕先所見，是一是二，惜《敏求記》不言其詳也。他時庶乎遇而辨之。嘉慶己未五月顧廣圻記。

南唐書十八卷校本

家兄抱沖藏陸敕先用錢罄室手鈔校汲古閣刻本，與此大約相同，其足以補正此本者，悉識於行間。《徐遊傳》云「持大鐵筵」，又云「納筵中」，「筵」之即《說文》「籭」字，竹器，可以取麤去細者也。《廣韻》、

《集韻》、《類篇》諸書論之詳矣。今本之誤，殆不可解，藉陸校而始明，故特表而出之。嘉慶己未從綬階二兄借讀并記，顧廣圻。

嘉慶己未五月覆校一過畢，顧廣圻又記。

三輔黄圖六卷明刻本

此毛斧季手校《三輔黄圖》，内一處「構」字作御名，是用南宋高宗時刻本也。首尾通爲一卷，與《隋志》合。社稷條注元始云云，乃後人採《後漢書·祭祀志》添入者，此本獨未有之，字句煩簡，亦往往合於《玉海》諸書所引者，足證其本之佳矣。推斧季所鈎行款，係每半葉十行，惜臺榭條末南北郊條前，闕而未鈎，遂無從全識其面目矣。又陵墓條其本似不載，亦未詳其意。己未五月顧廣圻借讀記。

元和郡縣志四十卷鈔本

新刻不如此鈔本遠甚，惜乏暇日審正之，思適記。

輿地廣記殘本二十一卷宋刻本

殘宋槧本歐陽忞《輿地廣記》起十八卷四葉，盡三十八卷五葉，大較存廿一卷。季滄葦藏，有圖記。

先從兄抱沖收得。維時周漪塘家先有是書鈔本，脱略譌錯，殆不可讀。曾借去就所存者校正，深以爲精。於後外間復有從周借傳者，其題目此殘宋槧則曰重修本，蓋緣第十九卷尾云「嘉泰甲子郡守譙令憲重修，淳祐庚戌郡守朱申重修」故也。第十八、廿三、廿九、三十一、三十五卷尾皆云「淳祐庚戌郡守朱申重修」。夫譙令憲、朱申皆自稱郡守而不署何郡，然則果何郡耶？以余論之，二人皆廬陵郡守也。亟書之板何以在廬陵？以亟其郡人也。是書撰於北宋政和中，由嘉泰四年甲子上溯之，相距凡八十餘年，而開雕歲月未有明文也。下數淳祐十年庚戌，首尾四十七年耳。兩次重修，皆郡守主其事，故前後二人並列焉。補葉雖漸多，初板終未全泯，固可寶也。此外又有朱竹垞藏本，曾在浙人韓姓家，所闕卷葉互爲不同，而俱闕者則尚有之也。不寧惟是，以此本相決，朱本乃另一翻板。何以言之？細勘廿一卷内無一葉之同，即板心記數，工匠姓名，無不皆然，故曰另一板也。字形相近之譌，往往沿襲重修本而且加多焉，故曰翻也。翻者非他也，翻重修本而已矣。周漪塘鈔本正出於彼，其印本甚模糊，宜鈔本之脱落譌錯矣。今年病暑，餘暇借先從兄遺書來讀一過，知其原委，因即題於此首，庶將來有得見之者，據吾所言以覈其實焉。又竹垞藏本聞汪君閬源近已買得，擬他日借來再勘之。嘉慶庚辰六月望後一日，元和顧千里甫記於楓江僦舍。

輿地廣記三十八卷宋刻本

歐陽忞《輿地廣記》新刻本，有校勘、札記二卷，大指專爲掊擊朱校而作。朱校者，彼序所謂竹垞所藏本，模糊損闕處輒有紅筆填寫，字不知出自誰手。以其用紅筆，故以朱校稱之者也。竹垞藏本，今爲閬源汪君買得。借來一勘，與札記所言者十有七八不合。惟以彼序所謂時下鈔本求之，則多合焉。於是尋其條件，有並無朱校者，則竹垞藏本不著一字處也。有並非朱校者，則竹垞藏本另有時人墨筆字處也。至於其餘十之二三，方爲紅筆填寫字，然亦或合或不合，則又視乎時下鈔本言之。故同一紅筆也，而其言之有稱朱校者，有不稱朱校者，夫彼何以如是之用心，我則弗能知。而彼之如是其不合，則竹垞藏本有字無字，墨筆紅筆，犂然具在，固可燭照而數計也。雖然，世之不獲見竹垞藏本者衆矣，將柰彼札記之歸咎朱校何。吾願汪君據此之真，顯彼之僞，每條每件標而記之，繕錄一帙，以便傳觀。庶幾於讀歐陽忞此書者，不致多所失實，而曝書亭插架自是稍謝金根白芨之誚，不亦善乎？遂於還書汪君之日，識此而遺之。庚辰立秋後一日，元和思適齋居士顧千里書於楓江僦舍。

吴郡圖記續記三卷鈔本

嘉慶癸亥八月以舊鈔本《演繁露》易得此於黄蕘圃氏。廿七日鐙下記。

景定建康志五十卷舊鈔本

此讀未見書齋所藏《景定建康志》，依宋本舊鈔也。失去者十二卷，六至十二，十九至三十三，四十三、四十四。蕘圃既從家抱沖本鈔完，復以卷中闕葉屬余補寫。意謂當是所據宋本模糊，抱沖本雖有，或係出於補板，故不羼入，而附於後，蓋慎之至也。抱沖本有錢竹汀先生校語十餘條，别爲一紙録之。嘉慶丁巳澗蘋記。

新定續志十卷宋刻本

宋本《新定續志》闕序之一二葉，《蛟峯集》有其文，兹從録出，依後葉款式而縮於一紙，以備讀而已。儻天壤間有原刻出，幸勿執而求其合也。嘉慶庚申五月十有七日，澗蘋居士記。

水經注四十卷校本

伯淵觀察於此書用功最深，晚年對客猶能稱引瀾翻，不須持本也。手校丹黃滿紙，中多與戴東原氏異説，尤可資考索。道光四年閏月，觀於桐城汪君均之插架，爲識其後，顧千里。

洛陽伽藍記五卷校本

予嘗讀《史通補注》云「亦有躬爲史臣，手自刊補，雖志存該博，而才闕倫敘。除煩則意有所恡，畢載則言有所妨。遂乃定彼榛楛，列爲子注。若羊衒之《洛陽伽藍記》」云云。知此書原用大小字分别書之，今一概連寫，是混注入正文也。意欲如全謝山治《水經注》之例改定一本，旋因袁壽皆取手校者去，未得施功。此臨毛斧季校，續得諸書賈。斧季多見舊刻名鈔，亦懵然不知有大小字之説。蓋其誤久矣。惜牽率乏暇，汗青無日，爰標識於最後。世之通才儻依此例求之，於讀是書思過半也已。

河朔訪古記二卷鈔本

昨作札與仁和龔瑟人中書自珍，勸其就近搜求京畿碑板，彙録爲一書，將摘此記常山郡内所列目寄之，亦不可少之事。一雲散人書於楓江僦舍，時道光二年穀雨節後五日也。

太常因革禮一百卷鈔本

北宋三修禮書，開寶久佚，政和僅存。嘉祐《太常因革禮》爲湖李氏所題，載《鄱陽經籍考》。余求其書，歷年不可得。意謂康熙間徐健菴司寇撰《讀禮通考》時，引用具在，未應亡也。久之，見郡城蓮涇王氏家藏書目云，《太常因革禮》一百卷，五册，失五十一至六十七，共闕十七卷，鈔白五百七十六翻。益信其尚存，唯蓮涇之書久散，亦無從蹤蹟也。今年乃見此本於琨人孝廉舟次，借得轉寫一部，爲之稱快。所闕十七卷與蓮涇目同，特傳是樓目未列，不知彼時足否耳。孝廉頗有意流傳之，此固讀《宋史·禮志》所必當考索者也。還書之日，屬題其後，於是乎書。嘉慶廿有五年歲在庚辰，元和顧千里。

律十二卷音義一卷 景宋鈔本

是書宋槧爲浙人某乙所得，某乙以吾鄉某甲爲知書，就而請題目之。某甲告之曰："此宋槧《宋律》也"，某乙遂每詫人，以收藏《宋律》焉。又浙人某丙鈔其副，求善價以沽於諸好書者，亦往往詫人，言："子欲買吾景鈔宋本《宋律》乎？"余既備聞是兩言者，而疑之，以爲考諸《宋史》及《文獻通考》、《玉海》等書，趙宋一代所用，名曰《刑統》，安得有所謂《宋律》也者？但刻本、鈔本余皆未從寓目，久久不敢斷其是非也。今年始輾轉獲景鈔本，急讀一過，凡《律》十二卷，音義一卷。於是啞然笑曰："是豈宋律哉？"客曰："此何書？"余曰："唐律也。"客願聞其說，余因告之曰："《律》十二卷者，唐律之正文，不附長孫無忌等疏者也。《音義》一卷者，孫宣公爲唐律所撰之音義也。《玉海》六十六曰：'《天聖律文音義》：七年四月，判國子監孫奭言，准詔校定律文及疏，律疏與《刑統》不同本。疏依律生文，《刑統》參用。後敕雖盡引疏義，頗有增損。今校爲定本，須依元疏爲正。其《刑統》衍文者損，闕文者益，以遵用舊書，與《刑統》兼行。又舊本多用俗字，改從正體，作《律文音義》一卷，文義不同，即加訓解，詔崇文院雕印，與律文並行。先是四年十一月，奭言諸科唯明法一科律文及疏未有印本，舉人難得真本習讀，詔國子監直講楊安國、趙希言、王圭公、孫覺、宋祁、楊中和校勘，判監孫奭、馮元詳校。至七年十二月畢。鏤板頒行」又曰：「書目《律令釋文》一卷，天聖中孫奭等撰，字義不同，悉有解訓」，其明文一也。《文獻通考》二百三曰：「《律文》十二卷，《音義》一卷」，陳氏曰：「自魏李悝、漢蕭何以來，更三國、六朝、隋唐，因革損益備矣。本朝天聖中孫奭等撰《音義》，自名例至斷獄，歷代異名皆著之。」其明文二也。《書録解題》與《文獻通考》文同，其明文三也。《宋史·藝文志》曰：「《律》十二卷，《律疏》三十卷，唐長孫無忌等撰。」又曰：「孫奭《律音義》一卷」，又《儒林·孫奭傳》曰：「嘗奉詔校定《律音義》」，其明文四也。然則其爲唐律固易知矣，又何至無可題目，而杜撰宋律也。且附長孫無忌等疏之《律》，有前孫伯淵觀察屬余校刊行世者在，取其正文對勘便見，亦不必俟博考羣書而後定耳。爰詳書其事於景鈔本後，以爲不學而妄談宋槧疑誤世人者戒。嘉慶壬申除夕前一日書。

景鈔本《音義》末葉所列天聖校勘人銜名有空闕處，當是宋本紙毀損也。以《玉海》證之，一行爲趙希言名，一行爲王圭名，而其銜則無以補全矣。同日又書。

昭德先生郡齋讀書志二十卷鈔本

此衢本《郡齋讀書志》，五硯主人所得，余從之借鈔。凡錯簡十數，一一正之矣。雖史部書目類闕一葉，別集類下《劉筠集》以後闕者約二三十葉，無從補全也。嘉慶乙丑九月澗薲居士記。

郡齋讀書志二十卷 藝芸書舍刻本

此卷有顛倒之葉，不得舊本，尚無從移定也。或欲將《臨池妙訣》及《唐氏字說解》兩標題互改，以泯其蹟者，豈其然乎？思適居士記。卷四後。

今細讀，知當分六段改轉。又記。

郡齋讀書志二十卷 藝芸書舍刻本

小學類顛倒錯亂，當分六段移轉。若硬改《臨池妙訣》、《唐氏字說解》兩題目，即謂無誤，豈知每類以時代爲先後，晁氏自有例耶。思適居士記。在卷四後。

丁亥冬日粗閱一過，黃李瞽說無非無事取鬧。至於確鑿轉寫之譌者，則又茫然莫辨也，可笑可憐而已。牛背散人書。在後序後。

昭德先生郡齋讀書志四卷後志二卷考異一卷附志一卷 舊鈔本

道光三年，重觀於績學堂，顧千里記。

傳是樓書目不分卷鈔本

集部自漢至明嘉靖以前皆未見，乃脱去一册，宜訪求補完也。道光三年一雲散人記。

慈雲樓藏書志五十卷鈔本

承示大著，鋪陳排比，富哉言乎！真可謂藏書、讀書兩臻其善矣。走雖未窺全部，已不勝贊歎欽服，但懸計卷帙，未免過於重大。豈獨觀成非易，即將來之刊印以及日後購藏流行等類，恐皆較難。莫似變而通之，改從易簡，避去自來書目式樣，用趙明誠《金石録》例，先將六千部之目，每部下只用細字注時代、撰人及何本一行，分若干卷列於前。復將每書案語擇其精華，做成跋體，不必部部有跋，亦不必跋跋自始至末，臚陳衍説。其無甚要緊及讀者自知，則置而勿論。亦分若干卷列於後，通爲一書，約在百卷内。似於作者、觀者兩得其便，且又可以徑而寡失也。辱大雅不棄，加以下問，故敢瞽言，尚望高明裁而教之。乙酉仲春元和顧千里拜。

金石録十卷宋刻殘本

余髮甫燥，即獲交鮑丈以文，每與縱談古書淵源，知宋槧《金石録》十卷曾被收得，惜未及一校，即爲歸安丁杰持去，售之揚州也。嗣後余在里門，凡見善本二。其一是葉文莊手鈔前後兩翻者，其一是錢叔寶通部手鈔者。皆細勘一過，是正近刻處甚多。邇來客遊邗上，一日，晉齋先生得此見示，恍然識馮硯祥家舊物，擊節不置。惜以翁弗克偕之校刊，與此書結一重墨緣耳。嘉慶乙亥六月朔，思適居士元和顧廣圻題，時同在全唐文局。

金石錄三十卷校鈔本

《金石錄》唯此最善，錢叔寶手鈔者不能及也。近盧運使曾經刊行，然實無此兩真本，故大要甚舛。今家兄抱沖既皆收得，因借以細校，特多是正。唯惜未并得吴文定家本相證。乾隆甲寅六月十一日廣圻記。

右本爲蕘圃所校，而余續完之者。葉本妙處亦略擇極精者標著下方，餘散在行間，皆可領得矣。雅雨堂書尚非惡刻，乃其舛如此，即一易安後序已不勝指摘，而全書何論乎。義門雖知用《隸釋》互勘，然所取僅載此跋尾之三卷耳。他如原碑全文散在《隸續》中者，且未遑細較，又曷怪其多誤改也。重讀益歎葉本之妙。顧廣圻校畢記。

金石錄三十卷校本

《金石錄》葉文莊手鈔首尾兩葉本，康熙己丑何義門收得。中後有二跋者最善，至錢罄室鈔本便稍有失真處，雅雨堂據何別本刊行，雖何校有「真從葉書鈔録，脱誤至少」語，實不能然也。又其所稱錢本非何親見，乃從陸敕先傳得，故並多譌。今悉用錢葉真本細勘一過，以葉本爲主，而附錢本異同。葉本所有何校亦頗與此出入，因并跋仍録焉。乾隆甲寅六月十日，顧廣圻記。

嘉慶己未葉本再校，澗蘋。

隸續二十一卷曹楝亭刻本

《隸續》廿一卷，宋槧不復得見。元泰定間所刻僅首七卷，曹楝亭取朱竹垞從汲古閣傳鈔宋本，增一百一十七翻而重刻之，則此本也。余嘗見毛氏真本，勘之前七卷，毛無鈔，即用泰定刻，曹改其式樣，誠爲未善。自八卷以後，雖脱去卷第十三、第十七内各一翻，又真本有空白卅五葉，曹輒删之，而大段行款則全合也。杭州汪氏合《隸釋》刻本，反於是而增多之葉，失之遠矣。向者欲各爲刊誤，及《隸釋》纔畢，爲某人乞索以去，遲久未刻。故《隸續》遂不更卒業。此即增多一百一十七翻之稿也，書其原委，示後之讀是書者。元和顧千里。

隸續十四卷校宋本

顧廣圻爲蕘圃校。自第八卷至末，皆據汲古閣毛氏景鈔宋本。時嘉慶丁巳八月。共一百十九葉，又跋三葉，又元空三十五葉。

寶刻叢編二十卷鈔本

求此書久不得，近於江秬香翁所借到鈔本，因傳寫一部。但其中顛倒錯亂，未及理正，又脱文譌字，種種不少，非細勘不可，則當俟他日矣。道光戊子春仲，千翁識。

寶刻類編八卷知不足齋鈔本

覩此知以翁欲刊入叢書而未就也，唯校定卻非易事。雖經多手，仍不足爲定。蓋傳寫必譌，落葉難掃耳。前歲余遇一噉名客倩人作金石書圖刊布，遽告之曰：「不如刊《寶刻類編》、《寶刻叢編》、王象之《輿地碑目》、《復齋碑目》等書，自當傳矣。尋趙晉齋可也。」旁人甚之而止。噫！豈無此福命耶。一雲散人漫記。

古刻叢鈔一卷知不足齋刻本

頃孫伯淵觀察用時代重編次《古刻叢鈔》，寄其稾，屬以刊行。爰取家本，並借戈君小蓮藏本相勘，旋因專力治《說文》，未遑卒事也。鮑丈淥飲過余楓江僦舍，談及《讀畫齋叢書》新刻入諸辛集，即出其底樣見付，并勘。乃輟數日功，重理一過，彼此得互爲更正如干字。然可疑者尚往往而有焉。夫校石刻文字之書，非特不可以意推測，並不可據他書改補。如《宋臨澧侯劉襲墓誌》：「第四弟□□軌，太子舍人。」據沈約《宋書·宗室傳》：「襲弟實，太子舍人。」誌下文云「第四男量淵邃，出後第四弟實，」又誌云「襲字茂德，兄覬字茂道，其弟第三字茂蔚，第五字茂通」，則實之字茂軌，可知矣。所闕□□殆「實茂」二字耳。「第一男□長暉，出後兄紹，封桂陽侯」，據傳，覬無子，襲以子晃繼封，所闕□殆「晃」字耳。南村非不知檢《宋書》者，良由悉依石本，故如是耶。唯誌云「第五弟季茂通海陵太守」，而傳言「實弟爽海陵太守」，季、爽違異，必有一誤，未審石本果何如，兼未審南村果何如也。其他大略準此。曏者白隄有錢聽默，實書賈中陳思之流，憶廿年前述此書南村手寫者，首葉鈐崑山葉文莊藏書圖記，曾在白蓮涇王姓家，近始散失，不知歸何地。竊計爲時未遠，宜仍留天地間。因於還鮑丈日輒附識之尾，且將舉告觀察，以俟相與物色，庶幾得之，盡決其所疑也。

古刻叢鈔一卷 平津館刻本

此伯淵先生所重編次，以原書隨得隨鈔，時代雜糅，難於觀覽故也。不遠河江，寄以屬校。因再四尋勘，其間即有所審正，必取資別本。未嘗隻字敢憑胸臆，即如《故永陽敬太妃墓誌銘》「十一月九日乙卯」，上文云「以普通元年」，下文云「粤其月廿八日戊戌」，考《通鑑目錄》，是年十月辛丑朔，十二月庚子朔，是十一月爲辛未朔，九日當是己卯，故廿八日戊戌也。然所有本皆作「乙」字。近見鮑氏知不足齋本獨爲「己」字，乃始改焉。其他大略準此。鮑本先既刊刻，仍藉是本訂定如干處，他日故當兩行之也。

是書刊刻已竟，從兄東京取小讀書堆所藏付校，其本後題云：「右南村《古刻叢鈔》非全書也。己巳冬借崑山葉氏所藏鈔本，錄於榮木軒。至庚午四月十二日完，共五十八葉，錢穀記。」驗其筆蹟，非叔寶手書，蓋出自轉鈔也。然視前所有各本迥勝，今據以修板改正者凡五十餘字。至其字之多少，如「入衛天各本多「和」字，錢本無。階」㊁案衍者不可通。「唐故江南西各本少「西」字，錢本有。道觀察判官」㊂案江南西道，開元廿一年分十五道置，採訪使之一也。治章郡。碑文中南康臨川皆屬其部，不知者删去，誤甚矣。「故右内率府兵曹」各本首多「唐」字，錢本無。㊆案以本書推之，蓋有額者，皆依額爲標題。此以意改而未明乎其例也。「前守淄州□各本多「水」字，錢本無。平縣尉」㊇案淄州之屬縣，有鄒平，可知所闕處爲鄒字。其間不得更有「水」字也。「塤篪□各本少一闕字，錢本有。叶」㊈案脱者不可通，又案上文云「鸞鳴鳳和」疑所闕當在塤下，於偶句始合。錢本轉鈔，仍有小譌也。皆錢本是而他本非也，因不可修改，别記於後以正之。壬申端午後十日。

古刻叢鈔一卷 鈔本

南村所鈔篆隸刻皆無釋文，其西漢東漢兩石刻有之者，乃乾道間東萊蔡迨所爲。南村并其考全載之也。他篆書皆平易可識，唯古刻第二「」下二字，讀者每疑惑莫解。余以爲此「淮西道院」四字

也。夏竦《古文四聲韻》卅三《皓》道下載「[illegible]」等字，卅三《線》院下載「[illegible]」字，與此但筆畫繁簡不一耳。聊書之以俟能知古文者。澗蘋居士記。

隸韻二卷景宋鈔殘本

此殘本劉球《隸韻》第三、第八兩卷別出松江張氏，故不與前相羼。我友小蓮鈔書於浙江，得此種以示余者也。昔洪文惠《漢隸》五種，唯韻書不成。婁彥發《字源》最行於世，余嘗舉之以正今本《釋》《續》二書點畫之譌，但苦《字源》所注之數易於舛錯，使如此書之悉注碑目，又烏可移易哉。且其體勢亦迥非元人分韻所及，小蓮當珍賞之。余暇時擬就鈔其副焉，己未五月顧廣圻書。

金石萃編補正四卷鈔本

昔錢竹汀少詹言宋以後碑好者頗少，惟引李南澗一人爲同志。今讀此二册，自唐以下，凡宋金元等各碑一一手釋其文，纖悉無遺。我彥聞先生可謂真知篤好矣！惜不起少詹見之。時道光八年十月十日，元和顧千里觀并記。

古甎録一卷鈔本

道光乙酉歲，滬上百甓齋主人示我，並屬點定一過。一雲散人顧千里記於邗江寓館。

史通二十卷校本

錢遵王《讀書敏求記》云：陸文裕公刻蜀本《史通》，其《補注》、《因習》、《曲筆》、《鑒識》四篇殘脱疑誤，不可復讀。文裕題其篇末，而無從是正，舉世罕覯全書云云，即此本也。余向收得别本，是萬曆時長洲張鼎思據此重刻，曾經錢同時人孫潛潛夫用葉石君校定本對讀者，亦既於脱簡處一一補録完好矣。錯誤處仍皆移正，洵善本也。因照臨一過。黄蕘圃蓄沈寶硯家本，未知相較若何，他日借勘之。澗蘋居士記，時寓無爲州。

嘉慶九年六月重閲，略加點定。澗蘋記。

盧氏《羣書拾補》引宋本，附采卅餘條於此。甲子七月朔日重閲訖，書。又續録若干條。

無爲寓館了無一書可檢，向所雌黄，多是何義門諸氏所已有，當推還之，獨存其新知耳。然於此頗自喜其暗合古人處。九月重閲，記於城南草堂。

沈寶硯家本，係其所臨馮巳蒼評何義門校也，借勘一過訖。九月十四日澗蘋記。

嘉慶甲子七月初三日重閲，廣圻記。

史通二十卷孫潛潛夫手校本

此《史通》孫潛潛夫手校本，於刻多所是正，並足以訂近時《通釋》之失。今年余攜之行篋，尋覽數過，每歎其佳。五硯主人見而愛之，因照臨一通，而以其真歸焉。澗蘋居士顧廣圻記，時在秦淮寓中，嘉慶甲子八月三日也。

史通二十卷何義門校本

《曲筆》、《鑒識》二篇，並無錯簡。馮氏閱本，萬曆所刻皆誤，而何氏校語尚失之。顏黄門云：「校定書籍亦胡容易。」洵然。道光癸未，觀於揚州洪氏之績學齋并記。六月二日思適居士顧千里書。

五代史補五卷校本 以下補遺

毛斧季《汲古閣書目》：「《五代史補》舊鈔與《五代史闕文》合一本，估直二錢」，即子晉刊刻之所自出。而《五代史補》實非足本也。晁公武則云一百七事，陳振孫則云一百七條。《文獻通考》備引兩家，皆是「七」字，而毛云僅一百四條，脫去三條明甚。《揮麈餘録》曾引毋昭裔刻《文選》事，今本無之，當在此三條之内。吴志伊《十國春秋》據《餘録》載《五代史補》云云。於後《毋昭裔傳》自注中極爲精覈，新城王尚書《居易録》以王明清引而汲古閣無，疑不能決。蓋尚書於考訂本非專家耳。又考裔相在蜀廣政年，當晉開運、漢天福、乾祐、周廣順，共歷三朝。未識岳元屬諸何朝矣，嘉慶庚午澗薲居士書。

右馮知十藏鈔本，校時乾隆己酉也。嘉慶二年三月十八日鐙下覆勘一過，時在念耕堂中。澗薲記。

大金國志四十卷 葉石君鈔本

右葉氏石君手鈔《大金國志》，不獨楮墨閒饒有逸趣，即開卷世系圖一葉，他本盡脫，此特具存，已可寶矣。內如廿六卷「國中遂遣乙辣副樞」正大七年云云之間，他本錯入十九卷文三行。在承安二年。卅八卷散府八處之興中府，他本譌爲興平府。雖余舊得常熟曹彬侯鈔本亦然，而此則不誤也。其卅六卷第二葉十行之下失去五百餘字。科條尾　赦宥　屯田首四十卷末後未竟，蓋是所據本如是，當悉依舊，無容添足也。是書余十年前見之養拙齋，即朱竹垞所謂齊女門顧氏者，擬歸之而未能。今屬蕘圃，遂得讀一過於士禮居，而識其佳如此。蕘圃其善藏之。嘉慶戊午九月顧廣圻記。

國語八卷 景宋鈔殘本

此蕘圃所收景鈔本即據之重雕者。余別得首三卷，較之寫手尤精，故用以上板，而仍留此。他時儻別得之本以下復出，遂可轉爲補全。竹頭木屑，正未必無用也。己未冬至前一日，澗薲書。

第六、第十、第十九、廿、廿一共五卷，此類余以爲寫手不佳，故重摹付刊。而此遂剩，合釘爲一本存之，俾他日有考焉。澗蘋書。

新雕重校戰國策三十三卷宋刻本

是書雅雨堂刊行者，頗爲改易，賴此始見其真。不僅古香馣藹爲可寶也。惟剜修處未能盡善。如第六卷第四葉首三行，與小讀書堆所藏鈔本不同。鄙意以爲初槧，當如鈔本，附錄於後，以俟蕘圃論定之。

己未二月顧廣圻書。

晏子春秋八卷景元鈔本

甲戌九月校正付刊，澗蘋記。

此本擬不示人，以樸然流傳於外，亦足見辨書之心苦矣，無不可也。乙亥閏月廿五日又記。以上書衣

校勘輿地廣記札記二卷校士禮居刻本

此夏方米手筆，故未有荒謬可笑之語。但抑抱沖所藏季滄葦本，而揚朱竹垞本，則妄人憑臆，定此意見，夏不免隨之作計耳。思適居士漫書。

單看不覺其荒謬，借到底本一覆，其病萬端。甚矣下筆之難也，初二日鐙下又書。

第一例—此條並無朱校，乃別本所依託，而嫁爲此稱也。
第二例■此條本非朱校，有墨筆字，如此所稱無分別者，其嫁名一也。
第三例○此條朱校也，但因其與別本同而復載之，則仍意在借名而已。
第四例△此條實亦朱校，而反削去朱校之稱弗載者，因其與別本異。非借名之意所在故也。
第五例、此條不涉朱校，即不涉別本耳。

隸釋二十七卷鈔本

此書鈔《隸釋》，蕘圃所收得也。第十卷上方有「九來校」字。九來名弈苞，崑山文莊公七世孫，載在府志。可知淵源有自，其本之善，洵不虛也。今世所行，惟浙江汪姓刊本，乃依萬曆戊子本開雕者，訛舛頗多。余向亦用之，乃取以讎勘，并參驗萬曆本，用力者卅有一日而始竣。每有是正，輒歎賞不已，爲題之每卷末，以質蕘圃，當同此擊節矣。嘉慶丁□□月初三日，澗蘋顧廣圻鐙下書。

案此本十行廿字，行款與元槧《隸續》同，碑文用婁氏《字源》釋之，往往脗合。即周香嚴所藏隆慶四年本不若也。蕘圃當勿以其非宋槧毛鈔，不以驚人祕笈目之。九月一日廣圻又書。

思適齋書跋卷三

子　部

荀子二十卷宋刻本

嘉慶初年借得景鈔大字宋本，校世德堂本，及覆校盧抱經本。今年又從藝芸書舍借此印本對勘，訂正景鈔之誤，細驗避諱，不特在熙寧、元豐後，且在淳熙之後多年。或板有修改致然耶？所補寫各卷失葉，則皆非善，與錢耕道刊本既互有短長，又互有失葉，殊未可相補也。在宋世別有建本，爲王厚齋所見。又有二浙西蜀本，爲耕道所見。今皆無可訪得，因附識於此，時道光己丑立秋日。元和顧千里。

荀子二十卷景宋呂夏卿本

《荀子》向唯明世德堂本最行於世，乃其本即從元纂圖互注本出，故重意之删而未盡者，猶存兩條於楊注中。一《修身篇》「丘山崇成」句下，一《王制篇》「何獨後我也」句下。又何怪乎本之不精也。餘姚盧抱經學士彙諸本，參以己意，校定重梓。首列景鈔宋大字本，即今此本，從朱文游家見之也。考《困學紀聞》所引，如「青取之於藍」、「請占之五帝」諸條。殆監本是已。採用頗多，咸足正世德堂之誤。然如《君道篇》「狂生者不胥時而樂」，正與《爾雅》「釋詁」：暴樂桑柔，《毛傳》及鄭箋「爆爍」所用字同，則樂不得如世德堂本之改爲「落」明甚，而盧學士略不及。此本之有樂字，然則此書不幾亡此字乎？他亦每有漏略牴牾，皆當據依以正之。今歸鄉嚴周君收藏，蕘圃借得，命校一過。兼訪知宋槧印本在東城藏書家，持來擬售，略一寓目。「樂」字，槧本與鈔同。他日儻竟爲蕘圃所有，當仍假此本一一覆審之云。嘉慶元年八月，書於黄氏之士禮居。澗蘋顧廣圻。

荀子二十卷宋刻本

藝芸書舍藏宋槧《荀子》二，北宋則吕夏卿監本，南宋則錢佃江西漕司本也。佃字耕道，陳直齋稱其本最爲完善，指同時建、浙、蜀諸本而言。若較監本互有短長，正以合之乃成兩美耳。近者王石渠先生《讀書雜志》内有《荀子》一種，屬訪此兩本，將採擇焉，當必各盡其所長矣。錢本合《孟》、《揚》、《文中》爲四書，刊於淳熙年。吕本耕道謂刊於元豐，《困學紀聞》謂今監本乃唐與政台州所刊熙寧舊本。案：熙寧、元豐相接，當無異本，而台州重刊則今未之見云。道光己丑孟陬月顧千里記。

荀子二十卷校本

惠松厓先生手校本在黄蕘圃家，己未九月取臨首三卷。癸亥三月重臨第四至第六卷，甲子六月攜客無爲州，續臨第七卷以下，畢。盧抱經新刻校語大段頗佳，然用此勘之，有數處錯誤。讀者詳之也。小門生顧廣圻臨並記。

鹽鐵論十卷校明鈔本

嘉慶癸亥蕘翁屬閲一過，就所見標於上方。此書明代屢刻，俱遜於攖寧齋鈔本。然誤處仍多，惜不得宋元舊槧，一掃風庭之葉也。嘉泰壬戌本見弘治辛酉涂楨跋中，不識尚在天壤間否。顧千里記。

太元書室刊本校，甲寅除夕前一日，澗蘋記。

鹽鐵論十卷鈔本

活本失排涂本第二葉，此在後而彼在前之驗也。丁卯五月記。卷九後

讀此書貴能得其用，如余者徒索解於字句間，何足道哉。癸亥八月，重閲一過記，千里。

嘉慶丁卯五月，爲居停主人張古餘先生校刻弘治十四年涂楨本，再讀此。千里又記。

太元書室刊本校，甲寅除夕前一日，澗蘋記。

黄蕘圃曾借鈔此本，復用其所藏攖寧齋舊鈔校出見示，因録之。潤蕢又記。以上卷末。

新序十卷校宋本

此康熙庚寅義門何氏用陽山顧大有舊藏宋槧校，乾隆乙卯傳録，潤蕢記。時孟陬九日也。

揚子法言十三卷校本

右所據乃司馬溫公所謂李祠部注本及音義，最爲精詳者。今李注補正善矣，而音義頗多不能别。識於此，恨何校之不密也。賈人錢景開言桐鄉金德輿曾以宋槧大字《揚子》進呈，未知即此所據與否。己未六月，顧廣圻借讀並記。

揚子法言十三卷北宋刻本

《揚子法言》通行者世德堂五臣音注十卷本，其源出纂圖互注，乃宋元之間建安書坊中人所爲。併合改竄，皆非復各家真面目也。何義門學士獨校李軌注十三卷，云絳雲舊藏序篇在末卷，後轉入泰興季氏，又歸傳是樓。余往嘗借臨得之，竊疑其校與司馬溫公所見李本頗有不同。如第十一卷溫公云「李本非夷，尚容依隱玩世，其滑稽之雄乎？」今從《漢書》明文顯然，而何以義門之校全反此言耶？今年再至揚州，過石研齋主人，出示新得此書。案而稽之，在本卷第三葉首七行，行字較前後獨多，而剜板添補痕迹尤宛然，方悟溫公所言者，其初板也。義門所校者，後來修改者也。特前輩校書，尚不曾推勘入此等處耳。爰請見借，覆校一過，是正極多，文繁不具。又以溫公序文合諸最後名銜，知爲呂夏卿校定於治平二年，國子監鏤板印行。其音義別爲一卷，在全書之後，名銜之前，不題撰人名氏，今無可考。溫公云多引天復本，未知天復何謂。以余考之，唐昭宗紀元天復盡四年，厥後王建於蜀仍稱之，然則天復本者，蓋謂彼時之蜀本，逮溫公日而已無有存焉者。故不質言之。纂圖互注無此音義，何校亦未寫出，真祕笈已。其傳是樓散出之本，余弗獲見。而聞錢景開言，於乾隆四十五年間爲桐鄉金雲莊德輿買去，今推以季徐諸氏圖記，非即此所得也。但必同是治平監板已修本，則固有不待目驗而決然可斷者矣。校既畢，因詳記於帙。奉瀹翁太史審正。太史深悉古籍源流，當教蒙以所不逮焉。嘉慶戊寅二月十日元和顧廣圻書。

管子二十四卷校宋本

殘宋槧本《管子》，闕十三至十九，凡七卷。嘉慶丁巳十二月校，廣圻記。

韓非子二十卷景宋鈔本

第十卷第七葉原闕，趙文毅本有。當是趙移《道藏》以補全耳。驗其字數，於二十六行行二十四字爲不足，是宋本此一葉，其文未必便如此，移補者非也。嘗謂宋本書雖無字處亦好，豈不信然。澗薲記。

此《韓非子》爲錢氏述古堂景宋殘本，曾藏泰興季氏，見於二家書目者也。今裝池尚仍錢氏之舊，首葉有季氏藏書鈐記可證，其確然矣。近日從新安汪啓淑秀峯家所謂開萬樓者賣出，遂於杭郡轉入余手。緣力不能蓄，復爲蕘圃黄君捐三十白金取去，豈物固各有主耶？抑物雖好而有力者始能聚耶？於其歸之也，率題數語，以志緣起，並質其理於黄君也。若夫此本之勝俗本有不以道里計者，即趙文毅本，雖從此本而出，然頗出意見改竄，亦失其真。非得見此本，無由剖斷其是非。不僅因名鈔而足重，則黄君之知甚審，不待余贅言。余故不覼縷云。嘉慶壬戌中元前三日，澗薲顧廣圻書於城南之思適齋。

九月二十日重觀於讀未見書齋，廣圻記。

韓非子二十卷校本

《韓子》譌舛殊甚，宋本弗得一見，孱守老人曾用以校第三一卷，是當時已無全豹矣。又用葉林宗《道藏》本、秦季公校本及趙此刻校張鼎文本，而惠松厓先生復用此刻校臨。今兩本皆爲周薌巖收藏。丁巳夏六月，借録一過，用松厓先生本爲主，評閲語悉著之。惟張本雖闕《和氏》、《奸劫》、《説林》、《六微》等處，而字句頗多長於此刻者。松厓先生略而未及，今一一補入《道藏》本，宜善而校出者亦未詳盡。秦本最劣，不足用，讀者詳焉。澗薲顧廣圻記於士禮居。在第二卷後凡文有複出，而張鼎文本少數字皆脱爾。二十三日覆校一過畢，馮偁迂評者，蓋淩氏刻本多臆改，不足據也。澗蕢又記。

九月十八日從壽階袁氏借正統十年刻本《道藏》勘過。其本與張鼎文刻本多合，而與孱守老人所據葉林宗《道藏》本大不相同，故不復一一標出。當俟得見葉原書時再定之。澗蕢又記。俱在第二十卷後。

韓非子二十卷校本

《韓子》譌舛殊甚，宋本弗得一見。孱守老人曾用以校第三一卷，是當時已無其全矣。又用葉林宗《道藏》本、秦季公校本及趙此刻校張鼎文本，而松厓惠先生復用此刻校臨焉。今兩本皆爲周薌嚴收得，丁巳六月借錄一過。據惠先生本爲主，評閲語悉著之。惟張本雖闕《和氏》、《奸劫》、《説林》、《六微》等處，而字句每多長於此刻者。惠先生略而未及，仍一一補入。藏本宜佳，所校頗未詳盡。秦本最劣，不足用，覽者詳焉。澗蕢顧廣圻校畢，記於士禮居。庚申九月，聞孫淵如觀察云，曾見宋本於京師，屬畢君以恬校出一部，擬從借觀焉。十一日澗蕢記。以上卷首。

非之言諒矣，然而察見淵魚不詳孰甚焉。羣小鬼蜮情狀既爲所燭照無遺，則遂無以善其後，斯最其傷心之故也。能無以一矢相加遺乎？費長房之死於羣鬼，職此故矣。若夫智而能愚，雖以此書發奸摘伏，而不耀臧否之評論，非獨善於自全，他日求治者出，將有待於此賢矣。此非僕與千里尊兄所當警策者乎。重九前三日夜，渭書。

《管子》文往往有與《韓子》同者，一時未暇旁及，此須千里辨之，十七日鐙下渭記。以上序後

《韓非子》尚有數事散見他書中，以無所附麗，且未確，故置之。余别有《書韓非子後》一篇，茲不録，渭記。

韓非，不祥人也。天下小人之情狀何所不至，而非必剖悉不諱，許以爲直，非獨聖賢所惡，抑羣小聞之而腐心。夫豈大雅卓爾之美與？其身填牢戶，非實巧於自戕耳，何怨李斯爲哉。然其論議明切，足以助圖治者之意智，下此從政之士，因其言而究當世之虛實，必其用晦而明，俾不至感傷和氣，則斯人並受其福矣。不然，而以僕輩書生之迂執，復得此以長慘刻，竊恐得吾道以亡身者，不免焦氏之歎也。初六日夜，渭又記。

凡小梧所言，皆因余辨李鋭之奸，而爲其見讎，故發此隱諷耳。厥後鋭之讎小梧者不減於余，應悟此言之失矣。余遇古書輒校，非好《韓子》者，安得如此言。且小人之與人爲讎，不計情理，如毒蛇野獸，豈用晦而明所能息其吞噬耶。但言既愛我而發，不欲駁難，姑記之。甲戌夏日書，時寓江寧之皇甫巷。以上目録後。

乙丑七月，在揚州郡齋依宋槧覆勘，又記。在卷一後。

近自讎校之外，略疏《韓子》之義，就正千里尊兄。他日擬注成此書，其機實發於千里。乙丑重

陽前二日，渭鐙下記。談何容易。案此四字澗蕡手注。

壬戌春，得述古堂景鈔宋本於杭郡，遂取校初見秦一過。其本今屬黄蕘圃矣，暇日借而竟之耳。澗蕡記。

黄三八郎宋槧在署蘇州府知府張古餘先生處，述古堂本闕一葉，今補全。癸亥正月又記。

乙丑七月覆勘又記。以上在卷五末。

此宋槧《韓非》，即趙文毅公刻本之所自出。《說林》、《六微》、《和氏》、《姦劫》等篇因是復傳者也。趙本字句之間頗用他刻更定，遂多未安。即如《外儲說右上》「宋人有酤酒者」節，此本云「問其所知問丈人」第二「問」字是「閭」字之誤，有李善注《應休璉與滿炳書》所引可證，趙輒删去之，誤矣。又《外儲說左上》「虞慶爲屋」節改「虞慶曰：不然，入此宜卑之」下改「且張弓則不然」作「苑且曰不然」幾不復可通，皆此類也，以推宋槧爲天下之至寶，豈虚言哉。在卷十六首。

乙丑九月初六日，力疾爲千里兄校此書畢。此書在千載幽室之中，得吾千里燃犀之照，而僕輩小夫之知亦有以批其郤，而有穿漏解駮之助。定本既成，將來知言之選談治術者，於此可以考鏡情僞焉。斯疲庸之箴砭，救俗之一端也。夫豈區區求爲韓氏之功臣哉。小梧王渭記。

乙丑十二月，重用《道藏》覆勘，又記。

乙巳九月，用正統十年所刻《道藏》覆校，大略與鼎文本多同。不知孱守老人所據葉林宗本用何刻也。十八日鐙下記，澗蘋。

初借袁綬階本，再借江寧朝天宮本。

景鈔宋本重校，壬戌七月澗蘋。以上在卷末。

昨細思，《韓非子》第十二卷「使之衣歸」，「衣」當作「夜」，蓋不待明日而使之歸也。此校若何？希定示。十三日儻能強步，必到西頭，煩致意小蓮。今日少閒矣。小梧仁兄台覽。廣圻拾片，初九日。

向聞人説校書何難，無以應之，今已得一語，曰：「所謂『何難』者，只是未校。若真校便難。」一笑，又行。

韓非子二十卷景宋鈔本

第四卷末葉六行「卓齒之用齊也」，宋刻本如此，有以墨筆於卓旁加氵成淖字，此不知卓淖同字，但知有淖齒者所爲也。今景鈔及前所見述古堂景鈔，皆不辨旁氵之非，然偏左之蹟乃宛然可驗耳。乙丑十一月覆閲書，廣圻。

或曰：後文《七術》、《外儲説右》、《難一》皆作淖齒，何也？答曰：「此《韓子》有其例也。《有度》上文曰開地，下文曰啓地，「開」、「啓」互見。《奸劫》、《弑臣》上文云「以視君」，下文云「以示君」，「視」、「示」互見。《説疑》上文云「疑物」，下文云「四擬」，「疑」、「擬」互見，皆同字也。至於人名，如《外儲說左》上言「瞿璜」，下言「瞿黄」。《六微》上言「黄」下言「璜」。《外儲說右》上言「田成恆」，下言「田成常」。《難一》上言「咎犯」，下言「舅犯」，皆同字也。而《十過》及《七術》之「董闕於」與《觀行》之「董安于」，《說林》上之「韓傀」與《六微》之「韓廆」，《難三》之「芒卯」與《顯學》之「孟卯」，並此卓齒之與淖齒，亦同字也。故曰宋槧必是，改者必非。凡是非當明乎其全書之例而後決之，則鮮誤矣。《古今人表》「淖齒」，師古曰：「字或作卓」。《吕氏春秋》正名云「任卓齒」，此又作卓之證也。十二月十七日廣圻又記。以上在卷五後。

此《韓子》從乾道改元中元日黄三八郎印本景鈔者，乃今日之最古者也。《道藏》匪字虧字號所有，即出於此，而脱落不完。又間有竄易處，世所行趙文毅合《管子》刻本亦出於此。雖補全，然字句大非其舊矣。核而論之，此本不無誤者。但就其所誤，頗可思得致誤之由，而改之者固未爲當也。況往往並所不誤者而改之乎。今年承古餘先生命，覆勘印本一過，遂記其大較如此。仍合藏趙三本撰《識誤》上中下卷，附寫於後，庶將來讀者有以考其得失焉。嘉慶乙丑十二月，元和顧廣圻。在卷末。

外臺秘要方二十二卷宋刻殘本

《外臺秘要方》四十卷，此殘宋本所存者，第一至六，又九、十，又十三至十八，又廿一，又廿五至卅，又卅二，凡廿二卷。其第十五卷殘零已甚，僅存數葉，餘亦往往有闕。此書今行世爲明末程衍道重刻，據其自序云「向購寫本」，是未見宋槧也。就中異同，姑弗具論。開卷林億題「銜判登聞檢院」，輒改「檢」爲「簡」，一望而知其非，餘可知矣。宋槧雖不全，豈非寶物哉。舊經書賈作僞，割移卷第，今悉加改正而書其後。每半葉十三行，每行廿四字，或廿三、廿五不等。

洪氏集驗方五卷宋刻本

頃在揚州郡齋借到《太醫集業》，尋覽之餘，見板口有三因字，遂取《三因極一病證方論》互勘，知即割裂其殘本爲之耳。《太醫集業》者，第二卷之一條，並非別有此書也。《佳趣堂書目》所云誤。歸晤蕘翁，出示是跋，舉以語之，屬記於後。他年儻仍收得，必拊掌一笑。嘉慶乙丑八月澗蘋顧廣圻書。

孫子算經三卷張丘建算經三卷殘本九章算經五卷宋刻本

右南宋槧本《算經》，據《季滄葦書目》云「《算經》四本者」即此也。以圖記驗之，第一本爲張丘建，第二本爲孫子，第三本爲《九章》一至三，第四本爲《九章》四五。於是知《九章》不全，當日已如此矣。今爲陽城張古餘先生所藏，嘉慶乙丑屬加審定，因記之。原裝改易，觀者詳焉。元和顧廣圻。

天文大象賦一卷鈔本

嘉慶庚申歲，淵如先生在浙中得晴川孫之騄手鈔本《大象賦》並注一帙，題云：「張衡《大象賦》，苗爲注」，因考《困學紀聞》云：「《大象賦》，《唐志》謂黄冠子李播撰，李台集解。播，淳風之父也。今本題『楊炯撰，畢懷亮注』。《館閣書目》題『張衡撰，李淳風注』。愚觀賦之末曰：『有少微之養寂』云云，則爲李播撰無疑矣。播仕隋，高祖時棄官爲道士。張衡著《靈憲》，楊炯作《渾天賦》，後人因以此賦附之，非也。」故改定題爲《天文大象賦》，李播撰。依《唐志》及《崇文總目》、《通志·藝文略》也。注人厚齋未經論定。考《宋史·藝文志》云「張衡《大象賦》一卷，苗爲注」，獨與晴川本相合。苗爲，不詳其人，亦不知今注與所謂李台集解等若何異同也。故仍其舊題焉。先生以此注世間罕傳，屬余校刊以行。今年五月，遂取隋唐間人言天文之書，若《史記·天官書》正義，《漢書·天文志》顔注，晉、隋兩《天文志》，《開元占經》等參互細勘，凡晴川本之脱譌衍錯不能卒讀，而的然可知者，幾數百處，悉補改删乙之矣。至稍涉疑似，如注云「羅堰三星」，而晉、隋志皆云「九星」。注云「礪石四星」，而《隋志》云「五星」。注云「天庾三星」，而晉隋志皆云「四星」，當是别有所出，未敢據彼改此。又如賦云：「其外鄭越開國，燕趙鄰境，韓魏接連，齊秦悠永，周楚列曜，晉代分冏」，注云：「鄭一星在越南，越一星在鄭北，燕一星在鄭東北，趙二星在燕東南，韓一星在晉南，魏一星在韓北，秦二星在代西，代二星在晉東北」，十二國合十六星」，脱去齊、周、楚、晉而《開元占經》引《巫咸占》則云：「齊一星在九坎東，趙二星在齊西北，鄭一星在趙東北，越一星在鄭西北，周二星在越東北，秦二星在周東南，代二星在秦東南，晉一星在代西南，韓一星在晉北，魏一星在韓北近秦星，楚一星在魏西南近鄭星，燕一星在楚東南、近晉星。」《隋志》則云：「九坎東列星：北一星曰齊，齊北二星曰趙，趙北一星曰鄭，鄭北一星曰越，越東二星曰周，周東南北列二星曰秦，秦南二星曰代，代西一星曰晉，晉北一星曰韓，韓北一星曰魏，魏西一星曰楚，楚南一星曰燕。」皆與此注差違不合，當亦是别有所出，非可相補。又如賦云「峙樓垣而表戾」，注脱去「樓垣」。《晉志》引京房《風角書·集星章》所載妖星有天樓、天垣，皆歲星所生也。《隋志》引作「天樓星生亢宿中，天垣星生角宿中」。《開元占經》妖星占：「天垣在角宿中」云云，「天樓在亢宿中」云云，其語尤詳。而不知此注原文若何，亦非可相補。又如注大理一條，天柱一條，天庾一條，天廩一條，内五諸侯一條，常陳一條，其末皆脱去。又如注凡五星一條，土末脱去，與火合云云，更無以補之。斯類均標明爲闕，以存其真。校既畢，繕寫一通，質諸先生。而記其書之本末及校之大略於後。壬申五月廿八日，元和顧廣圻書於江寧皇甫巷之思古人齋。

天文大象賦一卷 孫淵如鈔本

案：《宋史·藝文志》有張衡《大象賦》一卷，苗爲注。《新唐書·藝文志》云「黄冠子李播撰，李台集解」，《館閣書目》云「張衡撰，李淳風注」。《郡齋讀書志》作「《天象賦》，後漢尚書郎張衡撰，蜀丞相諸葛亮注」。王氏應麟以其詞定爲李播，今賦傳於世，而注本不傳。此孫之騄手寫本，故刊存之。苗爲未知何人，蓋在五代已前。

晴川鈔本脱誤累累，此照彼鈔寫，未曾校正。今因編入《續古文苑》，據《史記·天官書》、《漢書·天文志》及《晉志》、《隋志》、《開元占經》互勘，頗費日力，然自是粗可讀矣。壬申五月思適居士記。

五月晦日覆校畢，又改正如右，付刻字人照寫上板。鐙下又記。

説玄五篇太玄經釋文十卷鈔本

此從萬玉堂翻宋刻景出，其中舛錯，參看經文便可見，安得佳本校定之。然比諸嘉靖甲申郝梁所刊，固已勝也。壬申八月思適居士漫記。

易林十六卷校本

此書去年此乙丑也。出門，舟次粗加再讀，上方標記硃筆者是也。用功未深，但偶有說著處耳。今承索觀，此丙寅也。不敢以樸辭。惟高明有以審正之。校勘畢工後，元本仍望留。還俟旋里面領，此奉蕘圃先生澗蘋居士。廣圻記。

忽忽四載，能無頭白汗青之慨耶？然所見似較前稍進，亦差用自慰。澗蘋再記。

戊辰五月，爲蕘翁勘新刻本，再讀一過又記。

陸敕先校本向爲余師張白華先生所有，後經吴枚菴借失，茲從餘姚盧抱經學士臨本傳録。上溯宋槧，凡四轉矣。乾隆乙卯八月十八日澗蘋顧廣圻録畢記。

今陸本歸黄蕘翁矣。嘉慶乙丑澗蘋又記。

戊辰三月爲校新刻樣本，又記。

易林十六卷 明刻本

嘉慶乙丑十月借於黄蕘圃，臨校盡貢。其本乃陸敕先手校者。十三日鐙下澗蘋居士記。

廿二日續起剢。

嘉慶乙丑元和顧廣圻臨校，十月廿九日畢。

清河書畫舫十二卷 曹彬侯鈔本

藏書有常熟派，錢遵王、毛子晉父子諸公爲極盛，至席玉照名鑑而殿，一時嗜手鈔者，如陸敕先、馮定遠爲極盛，至曹彬侯亦殿之。彬侯名炎，即席氏客也。各家書散出，余見之最早最多，往往收其一二。乾隆年間，滋蘭堂主人朱文游三丈、白隄老書賈錢聽默，皆甚重常熟派，能視裝訂籤題相腳上字，便曉屬某家某人之物矣。余喜從兩人問各家遺事頗悉，此《清河書畫舫》一部，是彬侯所寫，相傳青父底稾在玉照處，蓋自真本錄出也。近歸秦澹生太史石研齋插架，以彬侯名不甚顯著。筆蹟識之者既尠，又其常用名號小牙章亦不曾鈐記，恐久而莫辨，命余輒題於帙尾。

墨子十五卷經訓堂刻本

乙卯二月七日校畢，澗蘋記。

嘉慶己未再讀一過，又正錯簡數條。澗蘋又記。

淮南鴻烈解二十一卷北宋刻本

汪君閬源收藏宋槧《淮南子》，余借讀一過，而書其後曰：　此於今日洵爲最善之本矣。如《原道訓》「欲宍之心亡於中」，「宍」未誤爲「寅」也。「所謂志弱者」，「弱」下未衍「而事強」三字也。「大道坦坦，去身不遠。求之近者，往而復反」，注「近，謂身也」，在「能存之此」句上，未錯入「前迫而能應」句上也。《天文訓》「積陰之寒氣爲水」，未刪去「者」字也。「十二月指子」，「子」未誤爲「丑」也。《地形訓》「決眦」，「眦」未誤爲「肶」也。「寒冰之所積也」，「冰」未誤爲「水」也。「牡土之氣」，「牡」未誤爲「壯」也。《時則訓》「飾羣牧」，「牧」未誤爲「物」也。「以索姦人」，「索」未誤爲「塞」也。《精神訓》「則是合而生時于心也」,「于」未誤爲「千」也。「輕舉獨往」,「往」未誤爲「住」也。「非能使人弗欲也,欲而能止之,非能使人勿樂也,樂而能禁之」,上「也欲」二字,下「也樂」二字未脱也。《本經訓》「太清之治也」,「治」未誤爲「始」也。「推移而無故」,「推」字未脱也。《主術訓》「東至湯谷」,「湯」未誤爲「暘」也。又《説林訓》「日出湯谷」亦未誤,惟《天文訓》「日出於暘谷」已誤。「是故臣盡力死節以與君計,君計功垂爵以與臣市」,「君計」未誤爲「君訓」,「臣市」未誤爲「臣是」也。案明本及今通行本,「君」下「計」字,「臣」下「市」字均脱去。「采椽不斲」,「斲」未誤爲「斷」也。「夫據幹而窺井底」,「幹」未誤爲「除」也。「而不足者逮於用」,「逮」未誤爲「建」也。「知饒饉有餘不足之數」,「饒」未誤爲「饑」也。《繆稱訓》「故君子懼失義」,「義」上未衍「仁」字也。《齊俗訓》「故不爲三年之喪」,注「三年之喪始於武王」,注中「始」字未誤入正文末也。「而刀如新剖硎」,「硎」字未分爲「刑石」二字而誤入注中也。「處勢然也」,「勢」未誤爲「世」也。「是由發其源」,「是由」未誤爲「由是」也。《道應訓》「石乞入曰」,注「石乞,白公之黨也」,「乞」俱未誤爲「乙」也。「在其内而忘其外」,「在」下「其」字未脱也。「楚軍恐取吾頭」,「軍」未誤爲「君」也。「無所不極」,「極」未誤爲「及」也。「於是欿非瞋目敎然」,「瞋」未誤爲「瞑」也。「其政惛惛」,「惛惛」未誤爲「悶悶」也。《詮言訓》「性有以樂之也」,「性」未誤爲「生」也。「時去我走」,「走」未誤爲「先」也。《兵略訓》「抗泰山」,「抗」未誤爲「抗」也。《説山訓》「夜之不能脩於歲也」,「於」未誤爲「其」也。「故寒者顫者」字未脱也。《説林訓》「罾者舉之」,「罾」未誤爲「罣」也。「不若尋常之纆索」,注「故曰不如尋常之纆索」，「縲」皆未誤爲「纏」也。「或善爲故」，「善」未誤爲「惡」也。「賊心亡止」，「亡止」二字未合而誤爲「忘」一字也。《人間訓》「無爲貴智」，「智」下未衍「伯」字也。「今君欲爲霸王者也」，「君」未誤爲「王」也。「聖人見之蚤」，「蚤」未誤爲「密」也。《脩務訓》「欣若七日不食」，「若」未誤爲「然」也。「今夫毛牆西施」，「牆」未誤爲「嬙」也。餘篇皆已誤。「无不憛悇癢心而悅其色矣」，「憛」未誤爲「惲」也。《泰族訓》「四時千乘」，「乘」未誤爲「乖」也。「雨露所濡以生萬物」，「濡」未誤倒爲「以濡」也。「與鬼神合靈」，「與」字未脫也。「而卵剖於陵」，「剖」未誤爲「割」也。「挺曶而朝天下」，「曶」未誤爲「肳」也。《要略》「作爲炮格之刑」，「格」未誤爲「烙」也。餘篇皆已誤。「禹身執虆臿」，「臿」未誤爲「垂」也。以上諸條，實遠出《道藏》本之上，而他本無論矣。至於注文，足正各本之誤者，尤不勝枚舉。茲弗具述。高郵王懷祖先生嘗校定是書，所訂道藏以來各本之失，而求其是，往往與宋槧有闇合者。將傳其副以寄之，必能爲此本第一賞音矣。嘉慶庚辰中秋前十日，元和顧千里書於思適齋。

全書共闕五葉，又有顛倒之處。今俟查明，開列細數，夾在每卷之中，候校定可也。澗蘋又記。

淮南子二十一卷 校本

此《淮南王書》武進刊本，校則嘉定錢坫獻之也。錢實未見《道藏》，所見校《道藏》本耳，故其稱說全無一是。今悉用《道藏》改正，弆之篋中。儻後有好事重付剞劂，則《道藏》之真面目可從此而識矣。

顧廣圻記。

王懷祖先生以所著《讀書雜志》内《淮南》一種見贈，於《藏》本劉績本及此本是非，洞若觀火矣。己卯小除記。

松厓先生有手校本，向在朱奐文游家，今歸黄蕘圃。蕘圃有惜書癖，以故重借之。家兄抱沖曾得朱族子傳校本，略一展讀，則由傳校而字誤者，殆不勝其多。因姑略著其一二於下方，異日尚當向蕘圃作懷餅請也。乾隆甲寅三月又記。

庚申春杪再閲一過，思適居士記。

是歲七月，借得宋槧細勘一過，校《道藏》爲勝。劉績本以下無論也，後世得此者，尚知而寶之。千里又記。十月七日覆校畢。

又宋本譌字亦添記於此，以備參考。頗思得好事人重刊，未知緣法如何耳。九日又記。

淮南天文訓補注二卷 鈔本

壬申十月，借平津館藏本，鈔工費白金一兩，藏之篋中。暇日當細爲勘定，以俟好事，鐫諸木云。澗蘋居士記，時寓江寧孫忠愍祠。

長短經九卷鈔本

省齋黄君收得鈔本《長短經》見示，因取《讀畫齋叢書》本互勘一過。彼用海寧周廣業校吴槎客家本開雕，所更改處，大有失當，非見鈔本，末由知之也。至於鈔刻同誤，沿而未覺者，又往往尚多。安得熟於羣籍之人細校而重刻之。余老矣，未能辦此。況好刊古書如鮑以翁者，今日竟罕其人。吾恐海内欲見是書定本，正未有日耳。省齋其善藏鈔本，或可冀異時一遇也。道光九年七月，既望。

長短經九卷刻本

校此書，當搜其所出，而參互以定是非。然使倉卒限以時日，非所可辦也。余老矣，獲見鈔本，校讀一過，爲之憮然。惜不及起鮑以翁於九原重論之。

趙蕤在開元中，而吴任臣以爲前蜀乾德時，恐非。

學齋佔畢四卷舊鈔本

序及第一卷首半葉，蕘翁以香嚴書屋所藏殘宋本屬補足。時方小病，腕力孱弱，未能求工也。越十日裝成重觀，因記。乙丑九月澗蘋居士書。

困學紀聞二十卷校本

六、七、八三卷，元慶元路刊本校本，有薄䳒臨何義門評語，並録之。乾隆五十二年歲次丁未，時在芙蓉江館，澗蘋。在卷八末。

甲寅孟冬，補録義門評語。自十二卷至此凡六卷，始爲蕆事。首尾八年矣，澗蘋記。在卷十七末。

壬子八月，重寓齊女門之順宜堂，句讀是帙。澗蘋。在卷二十末。

曲洧舊聞十卷校本

紅豆先生手校此書，《祕笈》本在小讀書堆。余借臨於鮑君渌飲新刻本，蓋新刻與《祕笈》正同也。思適居士記。

新刊履齋示兒編二十三卷宋刻本

右宋劉氏學禮堂刊本，己卯十月閬源汪君見示，且云錢遵王記《字説》闕文六條，似與此本不全合。余案：姚舜咨所鈔空六行，蓋錢本亦然。核之此本，乃複衍三行又大半行，因鈔者始改，每條跳行，故爲六行也。又因其複衍，而不復寫入，故爲闕文也。鈔本通部行款與刻差殊，非獨明潘方凱板不循舊格。遵王既未見此刻，宜所言之不誺矣。向在辛未歲，鮑以翁開雕是書，爲余據姚鈔所校。今乃獲重讀一過，訂正如此類者實多。惜以翁久遊道山，弗及再加商搉也。思適居士顧廣圻千里甫書於楓江僦舍。

示兒編二十三卷 校本

《示兒編》，履齋原書廿四卷，爲前後編，唯見於趙希弁《讀書附志》。今世所存，皆其鄉人胡楷重加訂正之本。故廿三卷，而不爲前後集，蓋依七條，各并入其門類矣。前明潘方凱刻是書，削去楷題誌，本末乃無可考。先從兄抱沖藏姚舜咨家鈔者，題誌具在，文句亦迴勝。但人罕見者耳。鮑丈淥飲以盧抱經、孫怡谷、徐北溟三君校正潘刻，屬用姚鈔覆勘，爰細讎一過。第十四卷、十五卷、二十卷姚鈔皆標「廬陵禮津孫奕季昭撰」，當是履齋自稱。如此餘卷標廬陵鄉先生云云者，胡楷稱履齋而改之如此也。改有不盡，則兩者歧異矣。禮津必履齋所居之地名，惜今已不復可知。即舉諗鮑丈，冀或將有以證明之。嘉慶庚申閏四月。

庚申首夏，爲鮑丈淥飲用姚舜咨鈔校潘方凱刻，去歲庚午甫墨於板。回溯疇昔，閱星終矣。刷印稾樣，屬事覆勘，數過荒居，再三商搉。乃案原文鉤稽摘剔，又於羣籍旁考得證，當殺青之既定，下雌黄其彌難。語不厭詳，論蓋貴審，共如干事，別附最後。譬謝積薪，慙深掃葉，豈是與年俱進，方覬日知所無云爾。嘉慶十六年閏三月三日。

右數十則，屬稾兩易，涉時累旬，僅曰斷手。漏落違失，懼猶未免，無以副鮑丈傳此編之盛心也。顔黄門言校定書籍亦何容易，即宋季説部，何莫不然。舉以自砭，兼告鉛槧之夫慎爲古人創痏耳。立夏前一日又書。

履齋示兒編二十三卷鈔本

嘉慶己卯，借汪閬源所藏劉氏學禮堂刊本校正。後人寶之。千里記。

宋刊本，每半葉九行，每行十九字。

辛未年再讀一過，所得諸條，撰爲鮑氏刊本重校補，存弆底稾，足當世間此書第一部矣。思適居士。

老學菴筆記十卷校景宋本

是書毛子晉刊入《放翁集》行於世，余嘗見陸敕先用鈔本所校，斧季又用景宋本校，後五卷用殘宋槧本校。第七後半卷及第八卷改補諸處，每與此刻合。今以朱筆圈別識之，蓋此刻所據乃善本也。獨是子晉跋語，首稱向刻《稗海》函中，宜用此爲底本，而相出入如此。敕先、斧季又絕不及此刻一語，皆所未解也。乾隆六十年，歲次乙卯，正月十一日，澗蘋顧廣圻校畢記。

陸敕先用宋本校，汲古毛氏所刊，今歸小讀書堆取勘此刻，頗多與宋本合者，實勝毛本遠甚。已悉圈其旁爲識，其他異同仍載如右。乙卯四月澗蘋又記。

景宋本止有後五卷，毛斧季所據亦然。豈宋槧已不全耶？丁巳七月假得，較一過如右。至其本有評語，極淺陋可笑，而末題唐子畏名，兹悉削不録，恐閲者仍惑焉。爰並識之。二十八日鐙下顧廣圻書。

雲溪友議三卷明刻本

此書刻在《稗海》中者，錯誤特甚。家兄抱沖曾收得惠松厓先生手校者，但云舊本，不知其爲何刻也。嘉慶辛酉冬日買得此於杭郡城隍山書肆，取歸比對，字句脗合。但惠先生尚有遺落耳。鮑淥飲丈云此亦是彙刻書中一種，嘗見其《泊宅編》亦係善本，惜未覩其全，暇日更訪之。此本出自新安汪秀峯家，所謂開萬樓者也。後之覽者珍焉。澗薲記。

鑑誡録十卷宋刻本

嘉慶甲子重見此於讀未見書齋，去余前買得時忽忽二十載矣。鮑淥飲丈欲刻入《知不足齋叢書》，至今未果。余向謂此書頗載極有關係文字，足當鑑誡之目，不盡如朱竹垞氏所云。安得好事者傳之。蕘翁屬題數語聊識於後，並不能無雲煙過眼之感也。正月二十五日澗薲居士顧廣圻書。

南部新書十卷明刻本

顧氏書周薌嚴所藏也是翁、何義門兩家校本。此書鈔本類經不熟唐事人改竄，如陳王友元庭堅戊。所謂王府官友一人，載新舊《唐志》，而鈔本竟削去「友」字。其他錯誤每如此，惟此刻本最爲近之。義門所改，頗有未妥者。如「代其精」甲。「五百」壬。等，刻本不誤也。其駁正也是翁所校之誤多是，然如改鄭康成「《禮記》大問」曰「聘爲待問」壬。「一房光庭」，乃《新唐書·宰相世系表》，所謂「房」，非姓也，改去一字庚。未經舉出者尚夥，益徵雌黄不容輕下矣。蕘圃有殘本，闕甲乙二卷。借此於周君薌嚴鈔完之，而不錄兩家校語，有以哉。大清嘉慶丁巳六月八日，元和顧廣圻讀一過並記，時在士禮居之西齋。

鐵圍山叢談殘本二卷舊鈔本

此似是寫樣底本，未知即知不足齋物否？但硃校多未妥處，偶一閲之，正其第二卷六葉「趙企企道」抹去重「企」字之非。案頭無鮑氏叢書，未嘗勘對。寄贈復翁審定之。丁卯三月買於江寧，四卷至末盡闕，十三日鐙下記，澗蘋居士。

玉照新志五卷舊鈔本

小讀書堆收得宋刻《揮麈錄》在乾隆末年，今又歸於長洲汪氏矣。此《玉照新志》余見諸揚州市上。

讀石君跋，爲之憮然，遂質錢買焉。道光壬午顧千里記。

程氏演繁露十六卷續五卷校宋本

此書新有刻本，極其紕繆。舊鈔又苦多魯魚，長洲汪閬源告我，云家藏宋槧，並許借勘，唯惜衹存前十卷，尚少其半耳。道光甲申立夏後三日，顧千里記。

馮鈍吟於此書多所掊擊，其言雖或過當，然程氏泛博而不精，確其可議，亦自有以致之也。一雲散人記。

賓退録十卷景宋鈔本

右景宋本《賓退錄》，其行間疏密，殊不失舊觀。何校亦頗有發明，所惜原本後二葉有損字處耳，然較近刻自勝。顧廣圻記。

金陵瑣事四卷明刻本

上元伍君詒堂至邗江示我明周吉父此書，寓中鐙下繙閱一過，喜其足以增廣聞見，爲博物家所不可少。焦澹園甚稱道之，洵非虚已。第三卷古碑碣一條，所指某刻在某處，出自目驗，尤可徵信。余向作治城山館客，訪尋所獲較逐此數。如尊經一炬，閣下諸石固應被燬，而鷲峯寺無恙。欲拓顔魯公《放生池記》，羣衲堅諱無有也。儻使得好古有力之士及今加意搜剔，凡屬斯類，或當復出矣。亦此書中有用之一事也。唯唐江寧詩人一條，内引《李太白集》中所云「白家本金陵，世爲右族，遭沮渠蒙遜之亂」，以爲觀此語，太白亦金陵人，則誤。蓋白是涼武昭王暠九代孫，見李陽冰所撰白集序。《新唐書》嘗取入本傳，故自言世爲右族。然則望系隴西，家當在金城，非金陵也。且《晉書·暠傳》及《沮渠載記》具在，蒙遜之亂，自屬涼州，與江表迥不相涉。若果金陵，豈能遭乎？前明之人考古多疏，不必獨爲吉父病。遂題其卷端而還之，兼就質焉。道光歲在壬午十一月中旬。

一切經音義二十六卷 校本

此臧在東用盧抱經鈔本所校。始段君懋堂模寫浙江嘉興府梵本二部，即盧本所從出。乃盧鈔書往往以意改補，兼之多作盧習用字體，遂變其真。在東不知其故，指爲浙本，是其誤也。今欲是正兹書，刻校均未可據，當借段君所景本乃得之爾。顧廣圻記。

一切經音義二十六卷 鈔本

右順治十八年刻本廿六卷《一切經音義》及經韻樓校，皆從鈕匪石轉錄。暇日仍當向若膺先生借底本覆勘之。顧廣圻記。

廣弘明集十卷校本

明中葉以後，刻書無不臆改。此吴中珩本，後印者有題名，初無。以梵夾勘之，乖錯極多。道光丁亥借平山堂藏家字號來矗正如右。又平津館收復印修板者，已補音釋，而子目及分卷等皆無從追換矣。附記備博覽者詳焉。七月廿八日千翁書。

抱朴子内篇二十卷外篇五十卷傳鈔道藏本

此卷有錯簡三段，余讀而正之。《道藏》本正統十年、瀋藩本嘉靖乙丑皆誤也。澗蘋。卷三後。

辛未歲除，以《道藏》校於江寧皇甫巷之思古人齋。卷六後。

辛未季冬，讀於江寧寓齋。顧廣圻記。

壬申元旦借朝天宫《道藏》校定。

癸酉重九校新刊本，又記。卷十後。

此卷多譌字，藏本亦然。安得宋槧善本正之。卷十四後。

辛未十二月廿三日，讀《内篇》畢。澗蘋居士。

壬申人日再校《道藏》，又記。

癸酉三月，將刊入《平津館叢書》，爲淵如觀察再校。

九月刊成，校樣一過，又得若干條。几塵風葉甚矣，其難也。後人覽此書者，幸勿輕之。廿九日鐙下記。

又得三條，有非案語不能明者。刊成末由添入，存此俟再讀。或得多條，當附爲《續校語》一通可耳。十月三日又閱記。卷二十後。

庚辰春杪重讀於楓江僦舍，删併重出，改定篇第如右。又校定文句幾及千條，詳於藩本，此仍未具也。千里又記。外篇卷一前。

初讀此卷，獨積三篇，不曉其故。近始悟四十四五闌入重出之文〔一〕，遂致《窮達》本四十八、《重言》本四十九無所附麗，而連於《知止》。本四十七又《正郭》、本四十四《彈禰》、本四十五《詰鮑》、本四十七皆失其次敘，而相沿莫覺。甚矣，好讀書而不求解，誤人不淺也。思適居士書。卷四十九後。

案四十四《百家》、四十五《文行》皆即三十二《尚博》之重出，自宋以來，莫覺其誤，今始正之。庚辰四月又記。

嘉慶丙子粗覽一過，中多錯誤，未及審正也。千里記。卷五十後。

抱朴子外篇五十卷平津館刻本

舊讀《三公山碑》，中有「隔并」二字，以《後漢書》證之。閱兩年，讀《參同契》，中亦有此二字。今履校此書，又見此篇中亦用之，自愧無過目成誦之才，而益信世間得一知半解便足者爲深可哂也。丙戌初冬，思適居士書。卷十六後。

道光丙戌於揚州命工寫樣，覆校一過，又改正數條如右。千翁記，時年六十有一。

道藏目録四卷校鈔本

《道藏經目録》四卷在英字號，蓋正統刊刻時所編，故列於末。其後萬曆丁未張國祥編以下杜至纓廿四字號，謂之《大明續道藏》，目録亦附焉。余所見全《藏》凡三：吾鄉之圓妙觀，杭州之火德廟，江寧之朝天宫，皆正統本。而朝天宫則借其所欲鈔欲校者尤多，此目録亦自彼鈔得者也。又白雲霽有注本，較便尋覽。江都秦澹生太史曾刊行，余取以相勘注本，頗有譌脱。如洞玄部少惟、鞠兩字號之類，恐出傳鈔所致。白雲霽身在冶城，其見目録即此，不當有異也。然無容輒相補足，莫如别刊之而並行，庶讀者各有所考。爰以寄太史，且書其後如此。元和思適居士顧廣圻。

道光丁亥閏月，同吴有堂遊城隍廟，至陶五柳家，見架上有鈔本。此目首列二序，似較秦刻爲善，因取之復檢舊所校，並屬有堂重勘焉。思適居士書。

思適齋書跋卷四

集部

蔡中郎集六卷明刻本

《青衣賦》雖爲張子並所誚，然自是集中應有之文，豈在歐本闕卷中耶？嘉靖增多，不知采此，其未嘗學問可概見矣。十五日鐙下漫記，澗蘋。

嘉慶甲子九月，蕘翁出示此書，曰：「述古堂舊物也。」余曰：「誠然，但非佳本。」何以然之？憶盧抱經氏曾言蔡集以天聖年間歐靜所輯本爲最古，第一卷首篇是《橋太尉碑》，今本移易其篇第，又並篇中顛倒次序，大失其意云云。所論致確。此本橋碑在第五卷，碑文次序與盧所謂顛倒者脗合，然則實誤本之祖耳。詳盧言，歐本自在天壤間，何不留心搜訪之？因相與檢《鍾山札記》，果得其論。復尋此刻首冠之三序，知天聖癸亥歐靜輯本者，十卷六十四篇，今爲六卷九十二篇。全屬嘉靖時俞憲、喬世寧所改。明代人往往少學而好妄作，宜其無足據也。蕘翁以爲然，乃書於後，用作他日得歐本之發端云。澗蕘居士。

蔡中郎文集十卷外傳一卷校本

《蔡中郎集》余向未究心，蕘翁得述古堂所藏六卷本見示，一望決其不佳。後遂别得此本，又再三覆勘。余亦景鈔蘭雪堂本一部，相從借閲。偶有所見，記之於上方。皆顯然舊並不誤，而徐子器刻時妄改者也。夫六卷本無足論，即十卷本其佳惡不同如此。書以彌古爲彌善，可不待智者而後知矣。乃世間有一等人，其人蕘翁門下士也必謂書無庸講本子。噫，將自欺耶？將欺人耶？敢書此以質蕘翁。丙寅十二月澗蘋居士。

抱經自言其所見蔡集爲宋刻，在《鍾山札記》「别風淮雨」一條中。今此本妄改「雖變」二字，鈔本、活字本皆誤作「維而」二字，皆非其所見決然矣。但未審果宋刻否耳。黄君前因余言，訪得十卷各本，安知不更以余言，訪得宋刻耶。遂更書此以貽之，嘉慶丁卯正月七日鐙下。時惟蕘翁更字復翁之明年，澗蘋。

案：當以鈔本爲最佳，活字板次之。此徐子器本所改，其淺近者，或有是處，稍雖讀，則每不知而作矣。不揣檮昧，輒加評論，雖未得詳備，然準例求之無難也。宋槧若出，必足證我之非謬。丁卯正月九日鐙下澗蘋又書。

蔡中郎集十卷明活字本

東漢人文集存於世者，僅此一種。尚是宋以前人所編，其餘無之矣。又此集頗於今文家之學有關涉，尤學者所不可廢。此余所以亟亟費日力，爲之再三訂正者也。思適居士書。

丁卯正月校讀一過，凡訂正若干條，中有絕精處，索解人不得矣。思適居士。

五月再校於江寧，用《後漢書》參訂，又添若干條。廿一日鐙下記。

此活字板似據一行書寫本作底子，故「數」誤爲「如」、「間」誤爲「困」之類，往往而有。若得宋槧，必多是正也。九日鐙下又記。

蔡中郎文集十卷鈔本

蔡集以宋人所編十卷本爲最佳，而所見十卷本又以此爲最佳。但未知宋槧可補八卷第二葉之缺否，前者復翁因僕言，次第訪得鈔刊各種。今識數語於此，冀再訪得宋槧云。戊辰十二月，思適居士。

嵇康集十卷舊鈔本

《中散集》十卷，吴匏菴先生家鈔本。卷中譌誤之字，皆先生親手改定。自板本盛而人始不復寫書，即有書不知較讎，與無書等，衹蠹損浥爛耳。觀前賢於書籍用心不苟如此，又可憑以證他本之失也。庚子六月入伏日記。

鮑氏集十卷景宋鈔本

此鈔本與讀未見書齋所藏毛氏景宋本同，第二卷闕去兩半葉，余從彼補寫入。主人將以歸綬階，綬階其寶之。庚申九月澗蘋記。

駱賓王文集十卷北宋刻本

嘉慶丁卯景寫一部。後十年丙子，秦敦夫太史開雕於揚州文局，覆勘印行，爲記帙首。使閲此者，知其是祖本也。思適居士書。

陳氏《書録解題》言其卷首有魯國郗雲卿序，又言蜀本序文云「廣陵起義不捷而遁」，皆與此合。惟魯國下郗雲卿之名，毛鈔所據損失耳然。則爲蜀本駱集可知也。嘉慶丁卯九月廣圻審定並記。

碧雲集二卷校本

此臨何義門校也，得自揚州坊間。旋晤敦夫先生談次及之，因以爲贈。時嘉慶乙丑三月，澗蘋顧廣圻記。

張燕公集二十五卷宋刻本

右秦敦夫太史藏本，所見《燕公集》以此爲最佳。第十卷末葉，義門之以上脱，今就他本補之，恰得三葉。蓋其行款每半葉十一行，每行二十字，宋槧唐集類如是。計有多家。此及李翰林、駱丞皆其一耳。余前別校正燕公文十五卷，又從汪孟慈得椒花吟舫鈔本，多出五卷，又益以《英華》、《文粹》所載若干篇，合此庶爲全集。鸁可寫定，唯惜無好事有力者刊以行世也。

張曲江集二十卷明刻本

明黑口板，疑即成化九年邱瓊山所刊。分廿卷，與《新唐志》及《宋志》合，或館閣本爲宋槧也。此萬曆四十一年時韶州刻，書估謂之祠堂本者是也。併作十二卷，甚謬。姑就之一校，除分卷外，未得言全復舊觀。不識宋槧尚在天地間否耳。

李太白集三十卷繆武子刻本

道光丙戌在揚州校刊姚鉉《文粹》，因徧搜唐集之存於今者，互相勘訂，覺此尚多疵漏。雖出宋、曾二公手，仍未可全據。繆氏自言有考異，不知成否。且作之非易，或草創而旋輟歟。

樂史舊編《翰林集》廿卷，今未見。又編別集十卷，嘉靖時六俊袁氏有翻本，前在洪殿撰家見之，實此後六卷藍本也。

王右丞文集十卷宋刻本

此麻沙宋刻《王右丞詩文全集》十卷，道光丙戌歲從藝芸主人借出，景寫一部。復徧取他本，勘其得失。雖宋刻亦有誤，而不似以後之妄改，究爲第一也。遂題數語於帙端，餘文繁不具錄。思適居士顧千里。

王摩詰文集十卷北宋刻本

右《王摩詰文集》十卷，每卷有「二泉主人」、「聽松風處」、「子京」、「項墨林鑒賞章」、「宋本甲」等印。第五卷有款云「袁褧觀」及「袁氏尚之」印，今藏汪氏藝芸書舍，與前收《讀書敏求記》所藏《王右丞文集》皆宋本，而迥乎不合。余讀《文獻通考》引《書錄解題》云：建昌本與蜀本次序不同。大抵蜀刻《唐六十家集》多異於他處本，而此集編次尤無倫。乃悟題《摩詰集》者，蜀本也。題《右丞集》者，建昌本也。建昌本前六卷詩，後四卷文，自是寶應二年表進之舊[一]，而蜀本第二以下全錯亂，故直齋以爲尤無倫也。又讀洪邁《萬首絕句序》云：「如王涯在翰林同學士令狐楚、張仲素所賦宮詞諸章乃誤入王維集。」其王維詩後注云：「别本維又有《遊春詞》等十五篇并五言十五篇，皆王涯所作，今以入涯詩中。」

案蜀本第一卷末有此各篇，但詩前標翰林學士知制誥王涯名，蓋其始鈔綴於此，而刻者不知删去耳，亦未誤爲維詩，如洪所見之别本也。若建昌本則固無此矣。至直齋所稱蜀本六十家唐集，世無完書。大興朱氏椒花吟舫有如干家，權載之五十卷〔二〕，嘉慶某年刊行。張説之三十卷，江都汪孟慈爲余寫其副。其餘聞尚有王子安等而未審。他則李太白三十卷，康熙中繆氏刊之。駱賓王十卷，曾在小讀書堆，後刊於揚州。二書真本俱歸藝芸，今又收此，獨於秘笈深有宿緣，良可羨已。去歲以建昌本見借，得景鈔一部。兹承示蜀本，遂加對勘。除序次外，其多寡異同亦互有短長，擬合成定本，再奉質正也。是爲跋。道光歲在戊子，孟陬月人日，顧千里書。時年六十有三。

吕衡州文集十卷 舊鈔校本

馮校此書雖曰用《英華》、《文粹》，然極草草。觀余今所校出可知也。後之得此本者詳之。千翁。

吴方山本止此卷，馮本可取大抵出於《英華》，但擇焉未精，語焉未詳者，往往而有。且馮氏疏於史學，故不能洞見曲折。今之去取，較爲審密，仍候澹翁他日勒成定本，則化光之幸也。九月二十四日霜降節，元和顧千里覆勘并記。

歐陽行周集八卷閩刻本

《行周文集》舊十卷，藏書家尚有之。其序次與此本已夐乎不同，無論字句之異矣。其割裂顛倒，不知出何人手。書有愈刻愈亡者，此其類也。可歎可歎！

歐陽行周集十卷鈔本

前孫淵翁家鈔本，攜在中正街寓内時，悤悤未錄其副也。後聞其弟受某甲之誑，盡付所有唐人文集并他種書若干，託其寄借與孫古雲，而從中乾沒去矣。旋販至常熟，賣於張姓。張亦不能守，未詳今流轉何所。首尾僅一週星耳。余既校此本，感觸往事，聊附記之。

何校葉鈔多雜糅，而何自下己意，語多不確。即如第五卷韓城西尉廳云列縣出於千，乃文集最妙處。《文苑英華》八百六、《文粹》七十三於「千」上多五字，皆大誤。《舊唐志》：「貞觀十三年定簿縣一千五百五十一，」《新唐志》「開元廿八年戶部帳縣千五百七十三」，行周此記作於貞元十五年，已非復貞觀、開元之盛，其決不得反有五千縣之多，甚明矣。宜據集删《苑》、《粹》衍字，而義門反以添集，何耶？姑舉一條，用貽後之覽斯者。貴乎心知其意，若尋行數墨，恐縱遇善本，仍有必不得之病也。元和顧千里澗薲識。

李元賓集五卷明鈔殘本

此明嘉靖間吴元恭家鈔本，又曾在鄉先輩李鑑明古家。雖僅存上册，然尚可貴。李即義門門人也，惜不於秦澹翁刻是書前收得之。

李元賓集五卷鈔本

此蓋據馮氏校本所録也，與往歲石研齋新刻亦不全同。庚辰四月得之，存篋中，備他日參考。

崇禎庚午彦淵又借得秦季公此本來，余因校考於此，不及卒業。偉節爲余對訖，其歸札云：乙者，字有多少也；傍列者，字之異同也。此書余始得之楊氏，即此本是；注在卷首，則錢本也。今偉節所校，則在行間矣。孱守老人跋。

沈下賢文集十二卷校鈔本

道光丁亥，秦敦夫太史以家藏本雇手鈔成此部贈我。其見待之厚，非可多得。立秋後三日因付裝成，記示我後人。

復假原本來臨何校一過。

又取《文苑英華》所有對勘，並記在《文粹》之篇，較前麤爲詳整矣。

明年之夏，又得震澤王氏家藏鈔本一校，首補宋元祐丙寅序一首，十一卷末補南卓題劉薰蘭表後一首。蓋王文恪後人圖記，但不審其名耳。

孫可之文集十卷宋刻本

王震澤於正德丁丑刻《孫可之集》而自序之，謂獲内閣祕本，手錄以歸毛子晉，合習之、持正爲三唐人文者也。此宋槧前在小讀書堆，今藏藝芸主人。丁亥夏閏假來，細勘正德本，知傳之多失。卷中絕無賞鑒諸家圖記，或皆未見歟。凡取《文粹》所有若干條入《辨證》，顧千里記。

《龍多山錄》云，樵起辛而遊，洎甲而休。此用《書》「辛壬癸甲」也。刻武侯碑陰云。獨謂武侯治於燕奭。此用《左傳》管夷吾治於高傒也。見宋刻而後知正德本之謬。校定書籍可不慎哉！六月朔日，再閲於邗江書，千翁。

道光丁亥，因有《文粹辨證》之役，偏搜唐賢遺集，得王濟之所刻孫可之内閣本。復從長洲汪氏借宋槧勘正，視汲古閣三唐人本遠過之矣。宋本舊在小讀書堆，重見恍若隔世，爲題數語於後。澗薲千翁，時年六十有二。

文藪十卷明刻本

偶從坊間架上見此萬曆《文藪》，有新安汪啓淑名印。汪在乾隆時頗名，好事藏書，曰「開萬樓」，雖不能精，亦甚富，今零落盡矣。乃買之而歸，校正德袁板無異同，但不如彼行款古雅耳。袁序在末，余所鈔闕，藉此補之。

笠澤叢書四卷校本

此刻非但譌脱累累，抑且偏旁點畫尤不足觀。聞近日有重刻者，許棟，海鹽人。但恐亦未必佳耳。思適居士記。丙戌。今年覓到，果然不幸多言而中也。又記，戊子。以上二則在封面後。

《笠澤叢書》宋槧本上下二卷，補遺一卷。錢遵王猶及見之，而今無有也。其甲、乙、丙、丁四卷，近世吴門、邗上各有刻本，大致相同，均多舛誤。唯池北書庫傳黄俞邰得自江右者爲善，惜鈔本僅存，流傳不廣耳。毛斧季家本於末增續補遺四賦，及王孟祥、陸德原二跋。遵王謂之元槧本是矣。别有七卷本，前四卷雜著，後三卷詩與天隨子自序言「不類不次，混而載之」者不合。必後人所編。馬端臨《經籍考》已云「七卷，補遺一卷」，則出南宋時矣。余嘗見何心友用馬寒中所藏弘正時人鈔手校本，補遺爲二卷，蓋後一卷又元以來重添也。字句頗爲碩異，今悉依江右本爲正，而以毛增者附焉。又依刻增樊開序。在目録後。

二十年前老書估錢聽默嘗告余曰：「《問吴宫辭》『大姑蘇兮小長洲』，善本『大』作『火』，『小』作『沼』。」頃從洪殿撰借其家藏舊鈔本正如此，餘尤多是正。後至元槧者向在吴郡，今不知歸何人，異日當訪得併勘之。道光丙戌二月，一雲老人書於揚城寓館。時年六十有一。在卷末。

笠澤叢書四卷舊鈔本

此從池北書庫本鈔出，較我家養拙齋依後至元書院本重刊者爲勝。道光三年，觀於揚州洪氏績學堂，爲題其後。元和顧千里。

杜荀鶴文集三卷景宋鈔本

《讀書敏求記》云：「余藏《九華山人詩》，是陳解元書棚宋本，總名《唐風》者。後得北宋繕，乃名《杜荀鶴文集》，而以「唐風集」三字注於下。竊思荀鶴有詩無文，何以集名若此，殊所不解。《通考》云：『《唐風集》十卷。』更與顧雲撰序剌謬矣。」此本爲虞山毛氏所藏，想從北宋本傳録者，與述古繕寫本同出一源，而鈔手工整，雖非景宋，已迥勝世俗流傳之本矣。澗蘋記。

讒書五卷拜經樓刻本

《唐文粹》所載亦未全校，可謂草草矣。刻書易，校書難，豈不洵然耶。

一鳴集十卷鈔本

是集從吾師張先生所藏季滄葦家鈔本景寫，復錄吴子有堂所傳何義門校，具有淵源，可寶也。近見鮑氏知不足齋校宋本，大概相同，唯多《連珠》一葉，今更補入。又補末卷，闕字略具，殆可稱善。余前欲合刊唐集罕傳者十家，秦敦夫開雕《吕衡州》，即其一也。此外如《歐陽四門》、《皮子文藪》、《張燕公》俱巖勘定，但未知何日汗青耳。

十卷掇拾殘叢，其謬誤尤甚，不可謂架有是書也。康熙癸巳，傳自錢楚殷，漫記，焯。錢楚殷，遵王之子也。其本與何傳之本惜皆未見。

嘉祐集十五卷

蘇明允《嘉祐集》十五卷，自晁氏《讀書志》、陳氏《書錄解題》、馬氏《經籍考》諸家著錄，名目卷數，無不相同。何義門言嘗見宋槧，所謂紹興十七年婺州本，曾在傳是樓者，正如此。前明嘉靖壬辰太原府尚有重刻本，余曾收之，亦然。是明允集之真並未亡也，後有邵仁泓者，凡增第八《洪範論》，第十七至末謚法共五卷，以附合明允墓誌、哀詞等稱二十卷之數。餘十五卷中，又往往有增入之篇，全非本來。世間通行，大率其本，而明允集之真於是幾亡矣。至其名目，改云《蘇老泉先生全集》，爲同時閻百詩所笑，載《潛邱札記》第四卷中，說甚是也。邵乃更造凡例數則，反謂之依宋本改正，思掩其失，豈不益可笑哉。觀者勿爲所惑可耳。

嘉祐集十五卷明嘉靖刻本

此前明鄭端簡家藏書，嘉慶壬戌得於金閶萃古齋書坊中。黄蕘圃有蔣篁亭臨校宋本，從之轉録焉。九月廿九日顧廣圻記。

翠微先生北征録十二卷舊鈔本

翠微先生華岳，字子西，在《宋史·忠義十》，其《南征録》、《北征録》皆不著於《藝文志》。《南征録》，詩居十九，即其别集。此《北征録》皆兵家言，近盧氏召弓志補亦著於别集，從類列也。唯云十一卷者，依此是十二卷，蓋俗本誤併其一卷耳。世鮮傳者，得觀於讀未見書齋。楮墨間古香噴溢，三數百年物也，令人於肅然起敬中，仍愛玩不忍釋手云。嘉慶庚申顧廣圻記。

周益文忠公文集一百二十五卷舊鈔本

首列《周益文忠公文集》總目，凡省齋文稾三十卷、平園續稾三十九卷、玉堂類稾十三卷、政府應制稾一卷、歷官表奏五卷、奏議十二卷、奉詔録四卷、雜著述七卷、書稾十四卷，共一百二十五卷。又附録五卷，年譜一卷。總目末有開禧丙寅嗣子綸所書，言先公丞相文集二百卷，與曾三異纂集，又得許淩、彭叔夏、羅克宣校正，唯日記紀録頗詳，而書稾尤多，皆未容盡刻。據此，則開禧刻本止有此數矣。今外間鈔本，稱《周益公大全集》，共二百卷，而名目卷第，多寡先後，無一相同。蓋出於後來刻本，未詳何人所重編校也。此本舊鈔，有真定梁蕉林相國名印，尚是文忠家刊，洵可寶也。今藏陽城張古餘觀察與古樓。道光四年六月承出以相示，爲考覈而書於帙端。

姜白石集一卷□本

鄕者山尊學士見語曰：「子曾校《文選》，亦知《吴都賦》今本有脱句否？」余叩其故，則舉姜白石《琵琶仙》詞題中引《吴都賦》「戶藏煙浦，家具畫船」二句，余心知白石雖聖於詞，而此卻不可爲典要。然當時無切證，未能奪之也。今校姚鼎臣《文粹》，至李庾《西都賦》，有曰「其近也，方塘含春，曲沼澄秋。戶閉煙浦，家藏畫舟」。則正其所引矣，「藏」、「具」兩字皆誤。又誤「舟」爲「船」，致失原韻，且移唐之西都於吴都，地理尤錯。可見白石但襲志書或類書之舛耳，豈得便謂之《文選》脱文哉？知其所無，爲之一快。遂識於姜集後，以諗讀者。

中菴詩十一卷舊鈔殘本

右殘本《中菴集》十一卷，舊爲汪容夫先生家鈔本，中用硃筆校改處，猶是先生手筆也。後爲黄君蕘圃所得，復爲校正數字，即用墨筆所改者也。案此書久佚，《四庫》從《永樂大典》録出，爲二十卷。今闕上七卷，下二卷，蕘翁收時已如此矣。余曾假録一副，擬從閣中補鈔之，未果也。今原本爲閬源觀察所藏，暇日出示，屬爲補跋。案：此書雖有闕失，然世不多見，甚爲可貴。觀察好事者，能補鈔刊行之，豈非一美事哉。己丑十一月初一日顧廣圻書。

僑吴集十二卷明弘治刻本

朱三丈故物，今在周香嚴家。較此本多十一卷之六葉，其第五葉仍闕如也，蕘圃借歸，屬余景寫補入而去所附，録宋氏鈔本之半，仍留前一葉，俟他本以續完璧云。八月廿四日澗蘋記。

梧溪集七卷明刻本

鮑丈淥飲向欲刊行《梧溪集》，知毛子晉所藏在先從兄抱沖小讀書堆，屬余勘定而未果也。今丈已下世，令嗣規續成先志，以作《知不足齋叢書》之廿九集，深嘉厥意，從望山姪借出，竭三旬力，補改傳鈔闕誤。唯是六七兩卷板心有粉墨塗改痕蹟，於次第頗舛錯。蓋景泰板模糊塗爛，致有此失。又悉爲之推求訂正，庶幾稱善矣。然終少七卷第四葉，故其三葉末節石銘題下梧溪自注云有後序，而今俄空焉。此集在毛氏時已難得，錢曾《敏求記》具言之。余幷見汲古別本，鈔刻各半者，此兩卷尤舛錯脱落，相較殊遜。不知世間尚存洪武印本，可足是一葉以成完璧否也。校既畢，遂誌於尾而歸之。時嘉慶丁丑歲顧千里書。

梧溪集七卷鈔本

據陳敏政後序，知此集初刊於洪武，繼補於景泰。迨明季而景泰板已模糊斷爛，且不可得矣。汲古閣藏本用景泰板填補完全，今在小讀書堆，借來校正，十獲八九。惜無從購洪武印本訂證之耳。元和顧千里記。

文選六十卷校宋本

此《文選》硃校出汲古主人，同時馮竇伯手其前二十卷，又有藍筆，則陸敕先所覆校也。今年秋八月，余屬蕘圃以重價購之，復借薌嚴周氏所藏殘宋尤袤槧本，即馮陸所據者，重爲細勘。閲時之久，幾倍馮、陸。補其漏略，正其傳譌，頗有裨益。惜宋槧之尚非全豹也。竊思《選》學盛於唐，至王深寧時已謂不及前人之熟，降逮前明，幾乎絶矣。唯詞章之士，掇其字句，以供鞶帨。至其爲經史之鼓吹，聲音訓詁之鍵鑰，諸子百家之檢度，遺文墜簡之淵藪，莫或及也。其間字經淺人改易，文爲妄子刊削，五臣混淆善本，音注牴牾正文，又烏能知之。因譌致舛，其來久遠。承襲輾轉，日滋一日。卷帙鴻富，徵引繁多。詞意奥隱，不容臆測。義例深密，未易推尋。雖以陳文道之精心鋭志，既博且勤，而又淵源多助，然舉正一書，猶時時有失，况余仲林記問以下，摭華遺實，宜同自鄶矣。廣圻由宋本而知近本之謬，兼由勘宋本而即知宋本亦不能無謬。意欲準古今通借，以指歸文字；參累代聲韻，以區别句逗。經史互載者，考其異；專集尚存者，證其同。而又旁綜四部，雜涉九流。援引者沿流而溯源，已佚者借彼以訂此，未必非此學之功臣也。體用博大，自慚譾陋，懼弗克任，姑識其願於此。并期與蕘圃交勖之焉。嘉慶元年十二月二十日，顧廣圻書於士禮居。

文選考異四卷 讀畫齋刻本

甲子十一月纔閲一過，既鮮精深，亦未閎富。就其所及，仍饒疵纇。懸諸國門，詎爲不刊乎。澗蘋居士記，時在巢湖舟次。

松陵集十卷毛斧季、陸敕先校汲古閣本

蕘圃借此書於家抱沖，及還時抱沖已下世半載矣。語余曰：「所校精妙處，當細爲摘出。俾抱沖遺孤成立，讀之益加明了。」余嘗謂卷一「誰可征弄棟」，「弄棟」，漢縣，許叔重謂之「梇棟」者，誤爲「梁棟」。卷二「王樂成虚言」，「王樂」是《莊子·至樂篇》語，譌爲「三樂」。卷四「君看杖製者」，此用《左》哀廿七年傳而微誤耳，譌爲「荷製者」。卷五「遠帆投何處」，「帆」字本去聲，讀譌爲棹。卷八「箬下斬新醒處月」，「斬新」，唐人習用語，譌爲「漸新」。又「斥候」之「候」，「嗤妍」之「嗤」，「彫龍」之「彫」，「遂古」之「遂」，「苞羅」之「苞」，「底下」之「底」，「鈴閤」之「閤」，「步綱」之「綱」，「負檐」之「檐」，「蕭灑」之「蕭」，「楊州」之「楊」，「楊雄」之「楊」，「三茆」之「茆」，「查頭」之「查」，「飱霞」之「飱」，「常娥」之「常」，「戟支」之「支」，用字皆極古雅。「遂古」出《天問》，「戟支」出《吕布傳》，皆有明證也。斧季曾修改此書，自言已精，何仲子亦以爲更無譌誤，以上皆未依宋刻更正。爰承蕘圃命，舉出之於此，其已修改者悉弗復論。嘉慶九月廿有三日，書於王洗馬巷之士禮居。廣圻。

松陵集十卷校本

斧季手校此書，極爲精細，此本余甲寅九月所摹也。原本藏小讀書堆中，有抱沖記，録何仲子跋語一紙，有云「毛十丈有小字殘本十一紙，取校所刊之本，更無譌誤。老人恆言此集校修爲精，信也」。今此

正其已校修之本，依宋刻者加圈別之。其餘如「誰可征弄棟」，卷一弄棟，漢縣。許叔重作「梇棟」者，而「征弄」刻作「作梁」。「莊生問枯骨，王樂成虛言」，卷二王樂即見《莊子·至樂篇》，而王刻作「三」。「君看杖製者」，卷四此用《左氏》哀廿七年傳而微誤耳，而刻作「荷製」。「遠帆投何處」，卷五「帆」字本去聲讀，而刻作「棹」。「箬下斬新醒處月」，卷八「斬新」，唐人詩多有之，而刻作「漸新」。又宋本用字最古雅者。若以「斥候」爲「斥堠」，「嗤妍」爲「媸妍」，「彫龍」爲「雕龍」，「遂古」爲「邃古」，「苞羅」爲「包羅」，「底下」爲「低下」，「鈴閤」爲「鈴閣」，「步綱」爲「步罡」，「負檐」爲「負擔」，「蕭灑」爲「瀟灑」，「楊州」爲「揚州」，「楊雄」爲「揚雄」，「三茆」爲「三泖」，「查頭」爲「槎頭」，「飱霞」爲「餐霞」，「常娥」爲「嫦娥」，「戟支」爲「戟枝」。蓋「遂古」出《楚詞·天問》，「戟支」出《三國志·吕布傳》，字皆如宋刻。而皮、陸時恐未必有「罡」、「嫦」等字也。卷内皆未經更正，僅藉校得見而已。仲子所跋，殊弗爲確。蕘圃插架未具此書，檢以歸之，而識其厓略如此。嘉慶改元，歲在丁巳，九月廿有一日鐙下書。時在王洗馬巷之士禮居中，澗蘋顧廣圻。

古文苑九卷景宋鈔本

庚午正月再校。卷二後。

庚午二月再校此卷，注其所自出於題下。思適居士記。卷三後。

己巳十月再校於玉清道院，澗蕢。卷四後。

嘉慶己未重刊行。

庚午再校一過，思適居士記。

嘉慶十四年歲在己巳，用此本景寫付刊訖，校樣一過印行。時寓玉清道院中，澗蕢居士。卷九後。

文苑英華辨證十卷校本

余性素好鉛槧，從事稍久，始悟書籍之譌，實由於校。據其所知，改所不知，通人類然，流俗無論矣。叔夏自序云：　三折肱爲良醫，知書不可以意輕改，何其知言也。此書乃校讎之模楷，豈獨讀《英華》者資其是正哉。雖亦未免疵纇，如證牛上士《師子賦》「豈方姿於甝虪」，當是黑虎之「虪」，舍《爾雅》而徵《七命》，數典殊失。然終無損大段之佳也。乾隆癸丑十月校畢記。

唐文粹一百卷明刻本

《文苑英華》屢引《川文粹》，而其間每爲《文粹》不載之篇，疑不能明者久之。頃讀彭叔夏《辨證》第五卷名氏條，有云「近世眉山成午編《唐三百家名賢文粹》」〔三〕，乃知《川文粹》當指此，爲記於帙，亦讀《文粹》者所當知也。道光乙酉七月下旬，思適居士書。時客揚州之翠筠館。

道光五年四月校於揚州新城寓館。卷十五下。

九月廿四日鐙下再校此卷，竟時三鼓矣。千翁記。卷三十下。

七月六日校至此卷，始覺宋槧「用」字皆闕末半筆，「庸」字亦然；「通」亦有然者。蓋沿天聖時避章獻明肅父諱也，一雲散人記。卷三十七。

《明堂議》等篇，鼎臣從《舊唐書·儀禮志》錄者，與《英華》多不同，他日當再細勘之。千翁記。

萍鄉宮保不識姜慶初，是豈但腹中無兩唐史，抑此家至戶有者亦未一寓目也。若問《毘陵集》，則真僻書矣。可慨可哂，鐙下偶讀，漫記之。嘉慶丙子七月既望。卷五十八。

初五日校，初六日雨窗再校。身世兩忘，自得其樂而已。一雲散人記，時年六十。卷六十八。

果泉中丞得宋刻完全一部，未及重刊。今其家靳不示人，將求善價，然正恐未必有過而問者耳。道光乙酉中秋日無悶子記。

借孫古雲家殘本校，闕者十六至十九之上，又五十九至六十二，又七十三至九十七。宋槧雖僅泰半，然亦可見其大概矣。重陽後三日又記。以上卷末。

西崑酬唱集二卷 舊鈔本

闕借失，以此見償。驗之闕圻記於羅宿亭，時重九後。

驗其筆蹟，蓋定遠手錄者。案：此書元明時不顯於世，國朝凡五刻：一刻於崑山徐司寇，再刻於吴門求是堂，三刻於長洲朱氏，即所謂聽香樓本也。四刻於浦城祝氏，又有周楨注本，世以朱本爲善，祝本依之，最後亦爲最精。然以□本對□□，如「直道忍籧篨」，「忍」刻「思」。「茗粥露芽銷晝夢」，「夢」刻「夜」。「□□方諸荐水蒼」，「蒼」刻「倉」。「蹁躚露袖舉」，「舉」刻「舞」。「巢笙傳曲沃」，「笙」刻「生」。「出恐嚴鍾晚」「鍾」刻「妝」。「不曾亡國是無言」，「亡」刻「忌」。「珠蚌泪長圓」，「蚌」刻「串」。「江澄濤練匀」「江」刻「汪」。「秋意先侵玉井桐」，「先」刻「光」。「佳色豔新霜」，「佳」刻「桂」。「金波先上結璘樓」，「璘」刻「鱗」。「故宮經馺娑」，「經」刻「輕」。「昔人求富是虛詞」，「昔」刻「晉」。「林疏露下涼」，「林」刻「松」。非得此本正之，幾不得其解，乃知前輩之物爲可寶也。望日廣圻又記。

闕舊物也，三月望日手校，改二字千金。闕作是字，澹生堂鈔本上卷雀詩闕。楊億帳望闕連前雀詩寫去又闕。劉闕將一詩卻以下任隨作劉筠下闕。鈔本每印現成格紙鈔寫，不□元書，行款往往肓落，多有脱闕謬，寫竟□裝褫，全不校對之，致闕得其元本一校，庶乎此書無毫毛憾也。仲子盧江生煌記。

明日倩陸乾實覆勘，校出一字：《荷花》七言「露成珠」作「露如珠」，亦可兩存也。

梁有徐、庾，唐有溫、李，宋有楊、劉，去其傾側，存其繁富，則爲盛世之音矣。

闕一參得字每云徐、庾闕唐太宗、虞伯施、李百藥以及王、楊、盧、駱、溫□之極，有晏元憲、二宋以及楊、劉，窮則變，變則通，盛世之音所由成也。下至胡元諸家，習尚西崑。洪武初，張光弼、高季迪亦有黼黻太平之作。今觀此書批閱，可以知其識矣。余曾錄淨本，爲馮借去，以此見償。其評騭精到，後人毋或忽焉。況此書想慕三十餘年，同志老友皆不得見，見者惟余與馮及陸敕先耳。保之保之，庶乎西崑流韻，復□於來禩云爾。□□春仲，洞庭東山葉石君識。闕十九。

闕孫潛夫勘定本照改，孫云己未十月一日用黄俞邰藏本勘正，改九十餘字。黄本從鈔本，闕詩三首，亦改正二十餘字。字山法頂識。字山法頂，潛夫别號也。今此書可謂完璧，他日能付之梓人，應勝季氏刊本。南陽轂道人記於城南讀書處。

唐歌詩十二册 宋刻殘本

嘉慶壬戌十二月廿四日，元和顧廣圻訪九能嚴君於石家，坐芳椒堂重觀此書，向在我郡，屢得寓目，今如見故人也。

蒼厓先生金石例十卷 明朝鮮刻本

《蒼厓先生金石例》舊有三刻，雅雨盧氏本載之詳矣。此第二刻，在至正戊子，與第一刻同時。案之首王思明序可見，爲毗陵周九松藏書。先兄抱沖氏得之，緣有第一刻，故以之見與。首尾頗有蛀損處，寒士無以裝潢之也。蕘圃黄君見而欲焉，遂用所收第三刻并盧本易去。其第三刻仍爲袁綬階所有，貧儉箧中不能畜舊刻，大率如此爾。他時讀未見書齋重裝成，錦玉璀璨，當不可復識。爰識數語於此，己未十二月顧廣圻。

金石例十卷元刻本

舊鈔本《蒼厓先生金石例》與乾隆年盧刻王思明本迥異，最後有此附録一卷，世所未見也，亟録而傳之。顧千里記。

蒼厓先生金石例十卷附鈔本附録一卷元刻本

甲申之春有堂寫贈，粗讀一過，以意改正數處，并畫其條段。然無他本爲證也。思適居士記。

稼軒長短句十二卷元刻本

《文獻通考》「《稼軒詞》四卷」，陳氏曰「信州本十二卷」，視長沙爲多。此元大德間所刊，以卷數考之，蓋出於信州本。《宋史·藝文志》云「《辛棄疾長短句》十二卷」，亦即此也。嘉慶己未，蕘圃買得於骨董肆，内闕三葉。出舊藏汲古閣鈔本命余補足，以檢卷中所有之字集而爲之，所無者僅十許字耳。既成，遂識數語於後。七月廿二日澗薲書。

虚齋樂府二卷述古堂景宋本

右依汲古毛氏鈔本改正，此亦景寫者，但每有不審耳。如上卷《夜飛鵲》云「竹枕綀衾」，《玉篇》糸部已收「綀」字，《集韻》曰「綀，絺屬。後漢禰衡著綀巾」《類篇》同於六書假借，亦用踈字，此作綀，誤矣。他皆準是。其下卷《摸魚兒》當於「長隄路」句換頭起，又《荔枝香近》當云「涼館薰風逩」以押韻，毛本譌，與此無異，則似宋槧已如是者也。嘉慶丁巳七月十九日顧廣圻爲蕘圃校於王洗馬巷士禮居。

玉琴齋詞不分卷稾本

填詞宗派，五代南北宋，各極其妙。近人惟撏撦玉田，附會竹西六家，自外皆未之寓目，烏足與知此事耶。觀梅村題中舉放翁、金荃、清真，而歸之學富才雋，無所不詣其勝，可以知前輩誠不可輕及矣。嘉慶癸酉歲八月下旬，元和顧廣圻觀幷識。

思適齋書跋補遺

儀禮鄭注十七卷明徐刻校本

此正自嚴州本出，與宋槧未達一間耳。善讀者必知其佳也。思適居士記。卷首。

丙子閏六月初九日，再讀至此。思適居士顧廣圻。

右唐開成石本校經，又以宋嚴州本校經注，三月十六日記。

嘉慶丙寅六月朔日，元和顧廣圻校於江寧郡齋記。以上卷四後。

五六兩篇末後補校石本，澗薲記。卷六後。

嘉慶丙寅三月江寧郡寓館校，澗薲記。十六日燈下。卷十後。

經共計五萬六千一百十五，注共計七萬九千八百一十。卷十七後。

說文解字斠詮十四卷校本

此等著作，皆意在衒價，本無足深求。但許君元書十五卷，不容改作十四卷，而取第十五卷之一序，割棄以下，升冠於端，使人見此開帙大謬，便欲噴飯也。今姑退序入後，若觀之，則吾有未暇。牛背散人漫題〔一〕。

列子八卷校宋本

張湛注《列子》北宋槧本，不附釋文本，在陳景元前也。蕘圃以重價購之吴興賈人。抱經學士《拾補》中所區别，間有未當者，得此正之。又宋槧本有舊音，亦前所未聞也。綬階袁君以此本命校一過，而藏於三硯齋。嘉慶丙辰十二月顧廣圻記。

列子攷異一卷影鈔本

向以釋文《道藏》鈔本贈小蓮一兄，今篋中檢得此，因幷相奉。任氏所説，稍失諸煩，然用披沙爲揀金，亦未嘗不可也。辛未三月思適居士記。

校讎之學，自漢劉更生父子始其業，宋曾子固、宋子京諸人承其緒。至清儒出而學益昌，元和顧澗蘋先生其尤著也。先生受業於同縣江艮庭徵君，得紅豆惠氏之傳，深通音韻訓詁，多見宋元舊本。故所校羣籍精識玄解，折衷至當，稱絕詣焉。惜其題識未有爲之輯錄梓行者。大隆夙好墳籍，景仰先哲，每見手跋，輒錄存之。建德周君叔弢暹、常熟瞿君鳳起熙邦助爲搜集，裒然成帙，用付剞劂，以廣其傳。昔吾鄉雷甘谿先生浚嘗述先生之言曰：「周子主靜，程子主敬，爲人心不敬，心不靜，僅可爲詞章之學。餘事亦未見其有當也。引用先抽檢而後下筆，亦執事敬之一端。案頭無此書，雖素所熟誦，亦姑置勿用，轉引則標明來歷，庶後人有可稽核。尤不可貪多炫博。」又曰：「治經之法，不可放過半字。爲考訂之文，不可多引無用書，徒亂人心目。」於此知先生本宋儒主敬主靜之方，治漢儒實事求是之學。宜其所校之書，心細於髮，識高於頂。前無古人，卓然成家矣。殺青既竟，爰述先生緒言於末，以爲讀此書者告焉。民國二十四年歲在乙亥十月，原籍秀水吴縣王大隆識於學禮齋。

思適齋序跋

思適齋序跋

序一

重刻宋本儀禮疏序 代汪閬源

《儀禮》合疏於經注，而并其卷第，始自明正德陳鳳梧。迨李元陽以下皆因之。從事校讐者，多言其譌。而宋景德官刊賈公彥元分五十卷，不合經注之疏，與《唐》舊新志同者，則均未得見也。宋槧殘本幸存，僅缺去卅二至卅七，無恙者計卷尚四十有四。嘉慶初入吾郡黄氏，於是張古餘太守得其校本，别合嚴州經注，重編於江省。後阮宫保取配十行不足者也。唯時段若膺大令亦得此校本，謂之單疏《儀禮》，亦訂正自来用《經傳通解》轉改之失，而單疏之善，既有聞矣。然五十卷之面目，仍未有見之者也。吾郡宋槧轉歸予藝芸書舍，念世間無二，遂命工影寫重雕之，以餉學子。使數百年來弗克寓目者，今乃可家置一部，竟如前此馬廷鸞之得諸篋中，豈非大愉快哉。宋每半葉十五行，每行廿七字。修者不等，各仍其舊，缺卷亦然。并卷内缺葉十有三翻，因他本盡割棄所標經注，無由推知也。其卷内正誤、補脱、去衍、乙錯數千百處，視遍日諸家，約略是同，究不若此次之行摹款倣，尤傳景德之真矣。若夫撰定異同，不特出入紛紜，恐致詞費，抑復管窺專輒，曷若闕如，悉心尋繹，元文自見云爾。

重刻宋本儀禮疏後序

道光庚寅歲，閬原觀察重刻所藏宋景德官本五十卷賈公彦《儀禮疏》，自一至卅一，又自卅八至五十既成，以千里平日粗涉此經，命以一言綴於後。千里思夫治經者，期曉然乎經之意而已。經之意不易曉，曉之必由注經。注之意不易曉，曉之必由疏。此讀疏之所以爲治經先務歟。讀賈公彦之疏，由之以曉經注之意者最多。舉其一言之，《鄉飲酒禮》疏曰「鄭注《鄉射》云：『昔大王、王季、文王始居岐山之陽。』彼兼言文王者，欲見文王未受命以前，亦得《召南》之化。此不兼言文王者，據文王徙豐受命之後，專行《周南》之教。」賈合《鄉飲酒》、《鄉射》、《燕》三篇之注《周南》、《召南》者，而疏通其意也。學子但讀此疏，則《鄉飲酒》之注與《燕》同，不兼言文王者可以曉然。而《鄉射》之注，與《鄉飲酒》、《燕》不同，兼言文王者亦可以曉然，又何用如若膺大令及其晚年別讀《詩序》「先王之所以教」鄭注而後始見，其或不言文王，或言文王有不合，仍未述及，賈公彦具有明文。轉謂從前不能知此哉？用是推之，治經者必以讀疏爲先務，斷斷然矣。今閬原觀察知所先後，獨舉罕覯之本，用餉學子，可謂盛心。千里轉慮此後得之較易，而讀者通患，習焉弗察，爰附著之。若乃是書流傳之緒，美善之徵，校刊之例，此不具出者，見觀察所自序中也。

重刻儀禮注疏序代張古餘

《儀禮》經鄭注賈疏，前輩每言其文字多誤者。予因徧搜各本而參稽之，知經文尚存唐開成石刻，可以取正。注文則明嘉靖時所刻頗完善。其疏文之誤自陳鳳梧本以下，約略相同。比從元和顧千里行篋所見所用宋景德官本手校疏，凡正譌、補脱、去衍、乙錯，無慮數千百處。神明煥然，爲之改觀。千里又用宋嚴州本校經及注，視嘉靖本尤勝。皆據吴門黄氏家之所藏也。夫二本之在天壤間，爲功於此經非淺，而獲見者罕，不亦惜哉。遂與千里商搉，合而編之，重刻以行世。其列卷依景德爲五十者，以尚是賈氏所分也。自卅二至卅七，損失六卷，校以魏鶴山《要義》，而循其次第者，魏所用即景德本也。餘卷有缺葉，不得不取明以來本足之，而必記其數者，傳信也。經注之文間有與疏違互者，以其元非一本，不可强同也。嚴州本之經，較諸唐石刻，或有一二不合，今猶仍之者，著異本之所自出也。注與疏，兩宋本非必全無小小轉寫之譌，不欲用意見更易者，所以留其真，慎之至也。至於經也，注也，疏也，於各本孰爲同，孰爲異，袪數百年來承譌襲舛，以還唐宋相傳之舊，則釐然具在，不難覆案也。若夫近日從事校讐者，不止一家。覈其論説，或取諸《經傳通解》等，或直憑胸臆而已，莫不猶治絲而棼之，手雖繁，而絲益亂。唯執此訂彼，其是非得失，庶可決定也。自今卓絶之士，如張蒿庵、顧亭林其人以爲依據，乃無當時殘缺之嘅，而由是脩明通儒之業，則聖之經，賢之傳，其精微且於斯，焉在文字云乎哉。

撫本禮記鄭注考異序代張古餘

撫本《禮記》鄭注者，宋淳熙四年撫州公使庫刻，今爲元和顧千里之從兄抱沖氏所藏。予轉借影寫一部，又慮其僅存之易絶也，以墨於板，仍取世行各本校讐出入，爲之考異。凡經文與開成石本每合(一)。明嘉靖時有單行經注本，又相臺岳氏有附音本，互相不同，撫本爲近之矣。又明南雍有附音注疏本，乃俗本之祖，而譌舛滋多。今所論說，祇以明是非差隱者。至於撫本既是，而又較然易知，不更詳著。或各本以外，於《正義》、《釋文》具得顯證，則稍稍載之。與夫本並無誤，而後人不察，輕爲譚議，致生枝葉，若柯山毛氏之輩，連類所及，亦刊正焉。願將來治此經者，有以覽其得失也。

南雍本，世稱十行本。蓋原出宋季建附音本，而元明間所刻，正德以後遞有脩補，小異大同耳。李元陽本、萬曆監本、毛晉本，則以十行爲之祖，而又轉轉相承。今於此三者不更區別，謂之俗注疏而已。近日有重刻十行本者，款式無異。其中字句特多改易，雖當否參半，但難可徵信，故置而弗論。其北宋所刻單疏，見於《玉海》卅九卷，有「咸平《禮記疏》」一條云：「二年六月己巳，祭酒邢昺上新印《禮記疏》七十卷。」是爲《正義》元書，未知今海内尚有其本否？曲阜孔氏別有宋槧注疏本，每半葉八行，經字每行十六。注及正義雙行小字，每行廿二。每卷首題「禮記正義卷第云云」，亦七十卷。計必南宋初所刻，向藏吴門吴氏。惠定宇所手校，戴東原所傳校者，即此也。與日本人山井鼎所據亦爲吻合，而彼有缺卷矣。惜今未見，將屬孫淵如就近借出，行且更刻之。附記。

撫本禮記鄭注考異後序

往者，家從兄抱沖收善本經籍，將次第刊行之，不及而没。其收得各種，皆廣圻預審定者也。去年廣圻道過揚州，時陽城張古餘先生在郡，見詢羣經轉刻源流。廣圻因歷舉凡先後所見以對，此撫州《禮記鄭注》其一也。先生借而校之鈔之，遂復刻之。恐是非莫決，又附《考異》二卷，專慮壹志，唯爲古人來者計，而不知其他賢者之用心弗可及也。已乃覆校，未得其人，仍以屬廣圻。於是廣圻又何敢辭。今刻成矣，承先生前命識其後，深感此書得託先生以傳之幸，而私痛家從兄之有志未逮也。兄名之逵，元和廩貢生，没於丁巳春，年四十五。

校定尚書考異序

《尚書》二十五篇之古文，東晉方出。經唐時以列於《五經正義》。先後數百年間，儒者罔覺爲僞。自南宋吴氏棫昌言攻之，下逮今日，而著書抉剔其罅漏者輩出。明旌德梅氏鷟其一也。予嘗求得鷟所撰《考異》讀之，歎其絕有佳者。蓋元吴氏澄雖有「采輯補綴，無一字無所本」之論，而羅列書傳以相證驗，實至鷟乃始近密。如言「人心道心」，出於《荀子》所引《道經》。言「舞干羽有苗格」，出於《淮南子》。及言割裂《論語》與夫改竄《左傳》之失其本旨者，往往精確不磨，切中偽古文膏肓，卓然可傳也。但其書不甚顯於世，故著錄家有五卷、四卷、一卷之不同。而書名或稱《考異》，或稱《譜》，文字亦彼此多寡、分合互異。近孫伯淵先生蒐訪善本，詳加校正，將以刊布，固其宜哉。或者曰：「閻氏若璩《疏證》言《尚書譜》『讀之殊武斷。然當創闢弋獲時，亦足以驚作偽者之魄。採其若干條散各卷中』，然則有《疏證》，殆可無此書已。」予曰否。《疏證》第三卷言《大禹謨》、《泰誓》、《武成》，句句有本，言襲用《論語》、《孝經》、《易》、《書》、《詩》、《周禮》、《禮記》、《左》、《國》、《爾雅》、《孟》、《荀》、《老》、《文》、《列》、《莊》，其中採鷟語必多。今全卷有錄無書，然則鷟書之存，正可補《疏證》之缺，而烏可廢耶？且夫學問之道，無窮者也，是故有若梅氏此書之不知孔壁真古文逸十六篇，而誤信《正義》，指作張霸百兩之類，俟閻氏正之；而梅氏、閻氏皆不知真《泰誓》伏、孔皆有，即《史記》所載鄭康成所注之類，又俟惠徵君棟之《古文尚書考》出而後正之。然則凡其得之失之，皆一一不相掩，而梅氏此書自無妨與閻惠並行，以待後學之博觀也。鷟字某，正德癸酉舉人，官國子學正。見《旌德縣志》。閻氏又言其兄鶚，字幼龢，一字百一，正德丁丑進士，撰述頗夥。亦疑古文今雖無所傳，當與鷟議論大致相同矣。

釋名略例

顧千里曰：《釋名》之例可知也。其例有二焉。曰本字，曰易字是也。雖然，猶有十焉：曰本字，曰疊本字，曰本字而易字，曰易字，曰疊易字，曰再易字，曰轉易字，曰省易字，曰省疊易字，曰易雙字。本字者何也？則冬曰上天，其氣上騰，與地絕也。以上釋上，如此之屬一也。疊本字者何也，則春曰蒼天，陽氣始發，色蒼蒼也。以蒼蒼釋蒼。如此之屬二也。本字而易字者何也？則宿，宿也，星各止宿其處也。以止宿之宿，釋星宿之宿，如此之屬三也。易字者何也，則天，顯也，在上高顯也。以顯釋天，如此之屬四也。疊易字者何也，則雲猶云云，衆盛意也。以云云釋雲，如此之屬五也。再易字者何也，則腹，複也，富也，以複也富也再釋腹。如此之屬六也。轉易字者何也，則兄，荒也。荒，大也。以荒釋兄，而以大轉釋荒，如此之屬七也。省易字者何也，則綈似蟀蟲之色綠而澤也。以蟀釋綈，而省蟀也之云。如此之屬八也。省疊易字者何也，則夏曰昊天，其氣布散，皓皓也。以皓皓釋昊，而省猶皓皓之云，如此之屬九也。易雙字者何也，則摩娑猶未殺也，以末殺雙字釋摩娑雙字，如此之屬十也。十者非他也，二例之分焉者也。第二以上本字例分者二，第四以下易字例分者七。而有第三之一例，分半於本字，半分於易字者，在其間以相關通。然則易字之所由生，固生於本字而已矣。所謂易簡而天下之理得也，讀者循是而一一求焉，凡今本脱誤之當補正者，無不可知也。至於尤脱誤而非復能補正者，亦無不可知也。吴子志忠將治《釋名》，屢咨其所難知者於予，故略舉本書以明其例，書而貽之。

補刊集韻序

《集韻》爲卷十，爲凡十二，爲字五萬三千五百二十五。因隋陸法言而新增者二萬七千三百三十一。蓋自宋以前，羣書之字，略見於此矣。元明之際，鮮究小學，此書僅存。幸逢國朝右文，秀水朱檢討彝尊從毛扆斧季家得其傳鈔本，於康熙丙戌歲，屬曹通政寅刊之。由是與同時所刊《廣韻》各書並行於世。《集韻》以無他刻，學者尤重之。版存江寧榷使署，百餘年來漸已損泐，是誠不可不亟爲補完也。桐城方葆巖尚書謀之榷使雙公，屬廣圻與同志諸君經營其事。今凡重雕者少半，而還舊觀矣。朱氏傳鈔本未免筆畫小譌，俱仍而不改者，恐失其真也。其北宋槧本尚在揚州某家，又吴門有影鈔宋槧本。陽湖孫淵如觀察、全椒吴山尊學士每欲訪借斯二者而别刊之，不更善之善者歟。輒爲牽連附記，以期他日者接是舉而有成也。

校刊明道本韋氏解國語札記序代黄蕘圃

《國語》自宋公序取官私十五六本校定爲《補音》，世盛行之。後來重刻，無不用以爲祖。有未經其手如此明道二年本者，乃不絶如線而已。前輩取勘公序本，皆謂爲勝。然省覽每病不盡，傳臨又屢失真，終未有得其要領者。丕烈深懼此本之遂亡，用所收影抄者開雕以餉世。其中字體前後有歧，不改畫一，闕文壞字亦均仍舊，無所添足以懲妄也。讐字之餘，頗涉補音。及重刻公序本，綜其得失之凡而札記之。

金壇段先生玉裁嘗謂，《國語》善本無逾此，其知此爲最深。今載其校語。惠氏棟閲本，借之同郡周明經錫瓚家，亦載之以表微參管窺者。以某案别之，旁述見聞，則標姓名。諸注疏及類書援引，殊未可全據，故多從略。總如干條爲一卷。至於勝公序本者，文句煩簡，偏旁增省，隨在皆是。既有此本，自當尋桉而得，苟非難憭，不復悉數矣。

重刻剡川姚氏本戰國策并札記序代黃蕘圃

曩者顧千里爲予言，曾見宋槧剡川姚氏本《戰國策》，予心識之。厥後遂得諸鮑渌飲所，楮墨精好，蓋所謂梁溪高氏本也。千里爲予校盧氏雅雨堂刻本一過，取而細讀，始知盧本雖據陸敕先抄校姚氏本所刻，而實失其真。往往反從鮑彪所改，及加字並抹除者，未知盧陸誰爲之也。夫鮑之率意竄改，其謬妄固不待言。乃更援而入諸姚氏本之中，是爲厚誣古人矣。金華吴正傳氏重校此書，其《自序》有曰：「事莫大於序古，學莫大於闕疑。」知言也哉。後之君子未能用此爲藥石，可一慨已。今年命工繼悉影橅宋槧而重刊焉。並用家藏至正乙巳吴氏本互勘，爲之札記，凡三卷。詳列異同，推原盧本致誤之由，訂其失，兼存吴氏重校語之涉於字句者。亦下己意以益姚氏之未備。大旨專主師法乎闕疑存古，不欲苟取文從字順。願貽諸好學深思之士。吴氏校每云一本，謂其所見浙、建、括蒼本也，今皆不可復得。故悉載之。宋槧更有所謂梁溪安氏本，今未見；見其影鈔者，在千里之從兄抱沖家。其云經前輩勘對疑誤，采正傳補注，標舉行間，惜乎不並存也。非一刻小小有異，然皆較高氏本爲遜，故不復論。

戰國策札記後序

黄君蕘圃刻姚伯聲本《戰國策》及所撰《札記》，既成，屬廣圻爲之序。爰序其後曰：《戰國策》傳於世者，莫古於此本矣。然就中舛誤不可讀者，往往有焉。考劉向《敘錄》云：「皆定以殺青，書可繕寫。」是向書初非不可讀者也。高誘即以向所定著爲之注，下迄唐世，其書具存。故李善、司馬貞等徵引依據，絶無不可讀之云。逮曾南豐氏編校，始云疑其不可知者，而同時題記類稱爲舛誤。蓋自誘注僅存十篇，而宋時遂無善本矣。伯聲續校，總四百八十餘條，其所是正亦云多矣。但其所萃諸本，既皆祖南豐，又旁採他書，復每簡略，未爲定本，尚不能無劉原父之遺恨耳。厥後吴師道駁正鮑注，用功甚深。發疑正讀，殊有出於伯聲外者矣。今蕘圃之《札記》，雖主於據姚本訂今本之失，而取吴校以益姚校之未備，所下己意，又足以益二家之未備也。凡於不可讀者，已稍稍通之矣。後世欲讀《戰國策》，舍此本其何由哉！廣圻於是書尋繹累年，最後於《敘錄》所云「臣向因國别者，略以時次之分别，不以序者，以相補除複，重得三十三篇」者，恍然而知《戰國策》實向一家之學，與韓非、太史公諸家牴牾。職此之由，無足異也。因欲放杜征南於《左氏》、《春秋》之意，撰爲《戰國策釋例》五篇，一曰《疑年譜》，二曰《土地名》，三曰《名號歸一圖》，四曰《詁訓微》，五曰《大目録》。私心竊願爲劉氏擁篲清道者也。高注殘闕，艱於證明。粗屬草藁，牽率未竟。他年倘能徧稽載籍，博訪通人，勒爲一編，俾相輔而行，未始非讀此本之助也。諗諸蕘圃，其以爲何如？

序　二

汪本隸釋刊誤序代黄蕘圃

洪文惠《隸釋》廿七卷。「相傳徐髯仙有宋槧本，甚精妙。後歸毛青城，載還蜀中。」此《讀書敏求記》云然。是宋槧本，也是翁亦未之見也。今行世者，僅錢塘汪氏新刻本而已。乾隆甲寅歲，予得崑山葉文莊六世孫九來所藏舊抄本，缺第四、第五、第六三卷。今年秋，借貞節居袁氏所有抄本補全，復借周香嚴家隆慶四年錢氏抄本勘正。其本皆十行廿字，與元泰定乙丑槧七卷《隸續》同，而遇宋諱處，則缺畫，蓋依宋槧本所抄也。爰借顧子千里訂諸本之異同，取婁彦發《字源》爲證。惟葉本最多吻合，乃知文惠原書字體纖悉依碑，而汪本則失之遠也。摘記千有餘條，刊其誤，遂刻以貽留心東漢文字者。又明萬曆戊子有王雲鷺刻本，實汪本所自出。點畫之譌，每昉于此。而汪本轉有正其舛、補其脱者，故置不復論。葉本亦間與《字源》不同。詳觀筆札，不甚精妙，或尚非宋槧本之比。倘欲使文惠所云費目力於此書不少者，盡還舊觀，則惟髯仙故物一旦復出，當有此愉快矣。

汪本隸釋刊誤後序代黄蕘圃

右皆汪本之失，今據葉本爲之刊誤。凡葉本與《字源》合者，雖同此一字，不過偏旁點畫，稍涉岐異，必爲標舉。蓋觀文惠擬《急就》之作，知其最用意於此。校是書自不容不爾矣。又如莢英、儿几、鄹鄹、宰皋、肙自、卬即之類，既截然兩字，而區别但在分豪。此之不謹，將大有妨文害義者。故不辭泥一筆一畫以求之。至于《石門頌》「斡腿」之爲「輔服」，《婁壽碑》「不可營以祿」之爲「榮」，《唐公房碑》「天下莫之下」有所增加類，是不知者謬用改易，而後人乃以咎此書釋碑爲未審。是誤之爲弊，且足以上累文惠，又何可不亟亟刊之。

汪本隸釋刊誤後序

黄君既刊汪本《隸釋》之誤，而命予爲之文以發之。予因紬繹洪氏書，以爲婁彥發之有功是書，不惟與舊本合也。如尤韻有「染」字，注云：「《韓勑脩孔廟後碑》『四方土梁』，今作『梁』。」小韻有儿字，注卅：「此《羊竇道碑》『儿弱得過』字也，今作『水』。」陽韻有「梁」字，注云：「《羊竇道碑》『故吏梁氾』，蓋姓也，字却從米，今作『梁』。」旨韻有「厎」字，注四一：「此唐扶頌『厎究羣奧』字也，今作『底』。」皆韻有「褭」字，注五五：「此《鄭固碑》『褭冉季之政事』字也，今作『襄』。」勘韻有「捒」字，注八九：「此《陳球後碑》『捒精極微』字也，今作『揀』。」耕韻有「氓」字，注九二：「此《孫根碑》子『養口氓』字，也今作『珉』。」屋韻有「⿰镸禾」字，注九四：「此魏《元丕碑》『曹⿰彡禾』字也，今作『⿰镸禾』。」真韻有「賓」字，注百卅八：「此石經《尚書》『予維四方罔攸賓』字也，今作『責』。」線韻有「援」字，注百六八：「此《州輔碑》『援立聖主』字也，今作『愋』。」而尤韻又有注五八之「羌」字，在《王純碑》，今作「笑」。漾韻有注百七六之「羕」字，爲故吏殘題名常羕，今作「荒」。舊本無不譌矣。得《字原》乃正之。至若《白石神君碑》「猶自抱損」，「抱」當是「挹」。《荀子·宥坐》《說苑·敬慎》「挹而損之」，《韓詩外傳》作「抑」，即此字。石經《尚書》「道出于不詳」，道當是「迺」，即《爾雅》「迺，終也」。故孔作終《造橋碑》「單甫牧英不忍戰民」，牧英當是「杖莢」。杖莢事詳《詩·緜》正義。武梁祠像衛將軍，衛當是齊，事見《列女·節義》「魯義姑姊傳」。此類竊疑洪氏原書亦不如此，而舊本概然，當是傳寫已譌耳。今黃君此書，意在復舊本面目，有他說而不涉舊本，則弗及也。間嘗與予論文惠密于考史，而疏于證經，彥發長于體勢，而短于音訓，其均有待于後人更爲補治。予因謂正當發其疑，正其讀，彙爲一編而並條繫件，綴其所以意校定者於下，其於東漢文字不彌有功耶。故輒書所管見於後，以俟黃君是正焉。

重刻奉天錄序 癸未

秦敦夫先生在都中得《奉天錄》一册於龍燮堂觀察，云出自徐星伯太史家者。攜歸，定爲四卷，屬不佞校刊焉。謹按趙元一《奉天錄》四卷，載於《新唐書·藝文志》，與徐岱《奉天記》、崔光庭《德宗幸奉天錄》等並列，意當日獨流傳非廣。故司馬溫公撰《通鑑考異》引，《奉天記》八條、《幸奉天錄》九條，絕不引趙元一錄。殆局内無此也。然下逮南宋，陳振孫、馬端臨皆著之於錄。明楊士奇《文淵閣書目》尚有唐《奉天錄》一部一册，在宙字號。而近日則徐崔兩種久佚，趙錄亦絕無僅有矣。錄中序次，考以年紀，或後先參錯，恐未必全屬舊貫。茲無所更定。若字句轉寫之譌，悉心讎正，固十得八九。疑弗能明者，僅從闕如之義。其事跡出於正史外頗多，咸足資博覽。而凡厥不同，均可彼此互證。間有所失，如朱滔自王號冀，而此以爲燕。嗣滕王湛然從元宗入蜀，在天寶十五載，而此以爲預建中是役。盧杞貶新州司馬，而此以爲夷州，乃元一傳聞之未審者耳。至於《新唐書》采渾瑊埋伏漠谷事入《朱泚傳》，而云「踋攻長安，泚大驚，跲榻前」。今觀此，始知瑊抵朱泚營壘，謂奉天城下，故與漠谷近，非長安也。采劉洽白塔戰事入《李希烈傳》，而云「洽引還卒，桓少清攬轡曰：『公少不利遽北，柰何？』洽不聽，夜入宋州。」今觀此，始知洽敗後夜奔失路，反嚮賊營。少清意洽將死敵，故控之使迴。當日問答尤詳，不解宋子京何以皆誤加竄改如彼也。即是而知其書之可以傳矣。踰時告成，略舉所知，願與先生及世間深於史學者平議之。

校刊華陽國志序代廖運使寅

唐以前方志存者甚少，惟《三輔黄圖》及晉常璩《華陽國志》最古。《三輔黄圖》爲宋人增亂，《華陽國志》明刻本俱缺卷十之上中兩卷。近時始有補完本，而皆舛誤不可讀。予家益士念搜討古迹，莫先於此志。求善本不得。前十餘年，由中州葉令擢守京江，唐刺史仲冕告予，謂陽湖孫觀察星衍有季氏振宜家所錄宋嘉泰四年李垕刻本，擬即借刊。後以右遷觀察至豫章，未遂其願。及再來江淮司轉運之事，官閣餘暇，披閱此書，因借數本合校之。又參以書傳所引舊文，訂定譌錯。按李垕序稱凡一事而先後失序，本末舛逆者，則考而正之。一意而詞旨重複，句讀錯雜者，則刊而去之。設或字誤而文理明白，則因而全之。是其本已經垕刪改，故《蜀志》汶山郡與越嶲郡誤連，而少汶山屬縣及《漢嘉郡士女讚》，少巴郡第二。又《三國志注》引此書，有李宓《陳情表》，而今本無之。此類悉加補正，或附按語，以諗學者。雖元豐間呂伋公大防所刻不可得見，無以全復常氏舊觀，其視垕本則固有過之無不及矣。元和顧茂才廣圻是正諸書，最稱審密。竭半歲之力，爲予督工開雕。故能精致古雅，不減宋元佳刻。孫觀察雅好流傳古書，又見近世脩志者空無故實，慨古地理書多放佚，嘗欲刊行舊本以備一方掌故。先校刊《三輔黃圖》、《長安志》於關中。又刊《建康志》於江左。每惜浙中未將乾道、咸淳臨安兩志付梓，又因脩志松江，先刊楊潛《雲間志》。今此書成於晉魏之間，古字古義，尤足證佐經史。後有脩滇、蜀方志者，據以爲典，則誠藝林之勝事也。其書稱華陽者，晉代梁、益、寧三州，故《禹貢》梁州之域，爲今四川省及雲南並陜西漢中迤南之境。按《禹貢》「華陽黑水惟梁州」，注疏以華爲華岳，恐此華在迤東陽，爲荆州，非梁州。《秦本紀》「武公元年伐彭戲氏，至於華山下，居平陽封宫」。《正義》曰：「封宫在岐州平陽城内也」，則此華山在岐州之北，其南正值梁益，與太華不同。黑水，據《括地志》云：「源出梁州成固縣西北太山。」亦與三危之黑水殊異。說經者誤以此爲滇池之黑水，又謂瀘水，皆誤。然常氏書以此爲名，而未記載辨析，惟《蜀志》云五岳則華山表其陽，特用補其義云。

校刊輿地碑記目序錄 己丑九月

《輿地碑記目》四卷，取宋王象之《輿地紀勝》十二門之曰碑記者而爲之。嘉定錢少詹云：不知何人鈔出，想是明時金石家者也。予案：象之所言，碑、記各爲一事，碑指石刻，記指志書。而鈔出則意重在碑，特未析去其記而已。明刻不多見，予嘗得孫淵翁、趙晉齋兩家寫本。又據殘闕《紀勝》原書，就所存之卷，逐一讎校，乃始補其脫者若干行，正其誤者幾不勝枚數。於是粗有條理，可用省讀矣。金陵車君秋舲因從予傳其副，復約其邑中陳君雪峰舉而刊之。二君皆處寒素，而能篤嗜古蹟，遊歷所至，必有椎拓。若值同癖，不吝分餉。今復流布此書，欲爲海内搜奇訪異者作道。夫先路之助，誠可謂大雅不羣，與人爲善者也。亟從臾其成而爲之序。且今者《紀勝》闕卷卅有一，好事者每惜其末由補全。孰知求之此書，則卅一卷之碑記，唯荆湖南路之潭州，成都府路之彭州、綿州、漢州、邛州、黎州；利西路之天水軍，俄空其七耳。其餘尚多無恙者，皆原書之墜簡也。豈徒有裨於金石家哉。予輒兼取兩書，參互考訂，別定二百卷之目，撰錄一通，著厥存否，并列於左。冀諗知者蓋云以二君之爲，亦有樂於此也。

右碑記中亦闕者七，疑明人編此書時，已未見其全也。然錢曾《讀書敏求記》著録王象之《輿地紀勝》二百卷，「鏤刻精雅，楮墨如新，乃宋本中之佳者」。似仍係完帙，不審尚在世間否耳。今所據但鈔本，闕卷之外，復多闕葉。如楚州、濠州、興元府及永興軍之下半，碑記均籍此書而僅存。愈徵其有益者非尠矣。其一百三十五興化軍，錢少詹未見，而云闕卅二卷。鈔本有之，故今不在所數焉。

唐律疏義後序丁卯

右至正辛卯崇化余志安刻本，其律及疏議整繕略無譌錯，抹子亦完備靡漏，非尋常傳鈔者比也。唯釋文頗有難讀處。今年淵如先生見屬摹刊於江寧，細爲尋繹，見其序有云：「此山貰冶子治經之暇，得覽金科，遂爲釋文。」此山貰冶子，未詳何人，序又無年月，並撰序人名氏。然必在王元亮以前，故元亮於第一卷後自署重編也。仰待制序言王君長卿以《釋文》、《纂例》二書來，即指重編《釋文》，而不復追述元撰者耳。又考第三卷義寧下有云「隋末年號」。第十七卷「出繼同堂即不合緣坐」，下有云「釋曰：出繼，謂伯叔父及兄弟之子，己之子内有出繼同宗者。同堂謂伯叔父之子，今俗呼爲親堂兄弟者」。第廿六卷或注「冷熱遲駃」下有云「踈史反」。第廿八卷「即停家職資」下有云「停家職資，謂前職前官」，皆所謂此山貰冶子釋文而重編，删併有未盡也。證之以元亮廿八卷釋中詳其釋意之語，尤確無可疑矣。蓋其初是子注，而釋甚詳。如今在長孫無忌進表下，及名例一疏議下者。後所重編，乃總退入卷末。而自

第二卷以下，釋往往簡矣。其所以難讀，則有應別自爲條，而連他條者，有應屬一條而分數條者，有標其字而佚其釋者，有釋在而遺標字者，有前後互換其處者，有釋所據本不同而牴牾者。則未知王元亮重編而如此歟？抑余志安刻之乃如此歟？今守前人愼下雌黄之戒，悉依舊文，弗敢輕加改易。意欲請先生更撰考定釋文，都爲一編，與此兩行。爰舉其大槩，以書於後，世有善讀者，引類以求，探端知緒，或且不難於所欲考定者，自多闇同也夫。

重刻宋元檢驗三録後序 庚午十一月

宋代始有檢驗之書，然自《内恕録》等，皆亡佚無考。其存者莫先於淳熙間宋慈惠父《洗寃集録》，向得元槧本，丁卯歲爲孫淵如觀察摹刻於江寧，附《唐律疏議》。後以行。旋又得無名氏《平寃録》、元東甌王氏《無寃録》二種，皆舊鈔本。乃並取三録，合成一編。適觀察以戊辰秋請假南下，用舉告之，謀别刊而未果也。今年夏，謁山尊學士於紫陽書院。語次索觀，曰：「是不可使無傳。」遂付刻焉。考前乎此，明胡文焕《格致叢書》中已嘗三録並刊，然所據未精，譌脱累累且其本亦艱數覯。今因勝之遠，甚而一編單行，人盡可得。想觀察知是舉也，必同其快然矣。

重刊宋本名臣言行録序 代洪賔華

五朝三名〔二〕，臣節用著；姬漢以前，麟炳爲烈。《論語》云：「爲臣不易。」又曰：「君子疾沒世而名不稱焉。」取容悅而旅進退之流，羼名飾後，蓋綦難矣。自袁宏《三國》之贊，著選蕭文；吴競十卷之奏，編題《唐志》。名臣之目，斯其緣起。有宋際五季之厄運，纘三唐之墜緒。趯燿厓垠，敶置殷輔。南都天水，非關婦子之謡。中朝人心，早振士夫之氣。語其開國，則忠獻、武惠、魯國、宣靖輩出，爲桓武戗定之規。洎其中葉，而平仲、孝先、希文、公序嗣美，垂蹇諤匪躬之節。是以五鳳中鳴，而晨雞罔刺；一龍偏鶱，則櫪驥咸歸。自非氣節矢諸旦明，忠藎肫諸夙夜，曷以富韓耆舊，合軌於前；宗岳宿將，摧躬於後。求諸前代，蔑以臻茲。若迺昌明性道，開關、閩、濂、洛之傳；發爲文章，挺歐、蘇、曾、王之秀。得人之效，養士之報，其顯著焉。不獨紹興小録，同年特異考亭；寶祐登科，三仁尤推宋瑞也已。《名臣言行録》一書，凡《五朝名臣言行録》十卷、《三朝名臣言行録》十四卷、《皇朝名臣言行續録》八卷、《四朝名臣言行録》上十三卷、下十三卷，《皇朝道學名臣言行外録》十七卷。五朝，謂開國至英宗，三朝則英宗以後至徽宗也。皆朱子撰。四朝，謂中興以後，皆朋溪李幼武士英撰。陳均備要，從其朔而標名；景定鏤版，合全書而彙刻。國史、家乘，並見蒐羅；嘉言懿行，悉加編記。趙子直之奏議，大意見於分門；杜眉州之碑録，旁采亦資别集。與此鴈驂，斯爲鼎峙焉矣。夫總裁全局，咸遵吉觧之成編；事略貴詳，尤訪東都於禹偁。讀史徵信，不其然乎？是書傳刊，舊多譌舛；近得宋槧，完善可觀。則太平老圃校正，崇砼平翁序識者也。溥本肇末，篇次秩然，乃知呂祖謙之初見，草創本非完書；趙希弁之所藏，差誤必屬另本。覯茲全璧，爰付重雕，冀廣流傳，共資探討。至於錯簡更釐，譌文糾正，則元和顧君千里之功多焉。烏絲孏扁，存麻沙舊日之模；青簡摩挲，竭蘭膏數夕之力。紬遺編於石室，實賴弆藏；操墜簡於崇山，斯深景仰云爾。

宋本名臣言行錄後序

鈐庵殿撰重刊《宋名臣言行錄》成，屬爲覆校。因悉心細勘一過。底本有全葉落去者，如後集十二卷之十及十三卷之十三、十四是也，皆據別本補之。有錯簡累數百字者，如後集六卷「不能周知四方風俗」起至「多有文字論列」止，及別集上一卷「若能率勵將士」起至「有詔不得進兵」止是也，皆按文義移之。又證諸《宋史》與說部、文集，則見其有年名誤者，如別下十二「紹興十一年」，「十一」誤「七」；別下十三「紹興三十一年」，「三」誤「二」；外十二「己未」，「己」誤「乙」；外十六「紹熙四年」，「熙」誤「興」；又「淳熙戊戌」，「淳」誤「紹」之屬是也。有地名誤者，如前八「定川」，「定」誤「廣」；後五「春州」，「春」誤「秦」；續八「承州」，「承」誤「成」；別十二「仙人關」，「仙」誤「金」；別下一「京口」，「京」誤「荆」之屬是也。有人名誤者，如前一「弭德超」，「弭」誤「彌」；又「魏仁浦」，「浦」誤「溥」；又「羅彥瓌」，「瓌」誤「環」；後十二「梁燾」，「燾」誤「壽」；後十三「王韶」，「韶」誤「詔」；又「張繹」，「繹」誤「驛」；

別下五「朱勔」，「勔」誤「靦」之屬是也。有人諡誤者，如別下六「晁文元」，「文」誤「友」之屬是也。有官名誤者，如前九「將作分司」，「作」誤「軍」；別下九「保定軍節度」，「定」誤「靜」；又「奉國軍」，別下十三同「奉」誤「秦」；別下十二「兼營田大使」，「營」誤「管」之屬是也。有脱字者，如前七「爲河東陝西宣撫使」，無「宣」字，後五「累官至屯田員外郎」，無「屯田」二字；後六「熙寧七年」無「七」字，別下十二「進少保」無「少」字，又「張子蓋」無「蓋」字之屬是也。有脱句者，如外五「老于太平世」全無此五字之屬是也。有兩句各脱其半者，如續三「今日一人言之以爲是而行，明日一人言之以爲非而止」，無「是而行明日一人言之以爲」十一字，別下八「《周禮辨學》五卷、《辨學外集》一卷」無「五卷辨學」四字之屬是也。有衍字者，如後十三「志完以書約承君」承下君上衍「唐」字，別下七「徐俯師川」徐下俯上衍「川」字之屬是也。有倒字者，如別下五「弭盜遏虜」作「弭虜遏盜」，外十四「待知己」作「待己知」之屬是也。有譌字者，如前一「㸦市」，「㸦」譌「牙」，前十「窆棺」，「窆」譌「空」，後二「歐余王蔡」，「王」譌「生」，又「机席」，「机」譌「枕」，後三「譯人」，「譯」譌「澤」，後四「參伍」「伍」譌「任」，別下十二「刼之」「刼」譌「却」，外十二「苛急」「苛」譌「奇」之屬是也。有誤字者，如後四「陰生於午」，「午」誤「子」，又「故陰乘而動」，「乘」誤「盛」，外五「十二萬九千六百年」九千六百誤「九百六十」之屬是也。有小字側注錯入正文，而横隔句中者，如前五「賈同字希德，門人私諡存道先生」十三字，在「一日賈存道過濟」之間。前八「范鎮」二字在「時予爲諫官」之間之屬是也。有注所出書名而譌脱者，如後二《溫公日錄》「日」譌「目」，後十三崔正言《婆娑集》

「婆娑集」誤「姿姿佳」，前二《金坡遺事》，無「坡」字，後七《冷齋夜話》，無「夜」字之屬是也。有引用古事而譌誤及脱者，如後六「碩人」，「碩」譌「顧」，續三「去健羨」，「去」誤「美」，又「下筆不能自休」，「不」誤「才」，外四「縣賁父」，「縣」譌「孫」，外五「外臣」，「外」誤「老」，又「三百八十四爻」，無「三百」二字，外十三「暖暖姝姝」，「暖」譌「曖」之屬是也。有因當時俗體字致誤者，如後三「卞急」，外四同「卞」作「辨」，别上二「餘干」，「餘」作「余」，别下四「賢否之辨」，「辨」作「卞」之屬是也。凡若此者，皆一一改而正之。至於與正史他書雖爲駁異，而文義無差者，皆存其舊。即有元缺，不敢妄足。與殿撰鈎稽檢校閲百餘日，乃始蒇事，大抵完整可通矣。且以字畫紙墨驗之，知係麻沙重雕朋溪本，故不能無失。今兹所訂，期合厥初爾。唯恐將來觀者不察新舊本異同之由，爰爲舉例，著之如右。其類繁多，不一一徧出也。

序三

重刻治平監本揚子法言并音義序 代秦敦甫

揚子《法言》十三卷，自侯芭、宋衷之注既亡，而存者莫先於晉李軌、宏範注。宋景祐、嘉祐、治平三降詔，更監學館閣兩制校定板行，最爲精詳。有音義一卷，不題撰人名氏，其中多引天復本。天復者，唐昭宗紀元，而王建在蜀稱之，然則謂蜀本也。撰人當出五代、宋初間矣。司馬温公言宋庠家所有，逮陳振孫《書録解題》所載，皆即其本，當時固盛行也。外此有唐柳宗元，宋宋咸、吴祕注，建寧人合李注爲四注本。《書録解題》云與此不同，厥後書坊復有新纂門目五臣音注本，則又增入温公集注。而卷依宋咸爲十，諸家元文悉經删節，全失其舊。明之世德堂據以重刻，通行迄今，於是世人罕知諸家或十三卷，或十卷，各有單行之本，而李注乃若存若亡焉。戊寅首春，購得宋槧。稍有修板，終不失治平之真。適元和顧君千里行篋中有臨何義門所校，出以對勘，大致符合，深以爲善。勸予刊行，爰以明年影摹開雕。凡遇修板，仍而不改，並所譌誤舉摘如干條綴諸末，以俟論定者。唯惜陳振孫又云錢佃曾得舊監本刻之，今未見，不獲互相證明也。至於宏範所學，右道左儒，每違子雲本指。其讀文句亦不能無失，温公時下己意，多所訂正。而集注十三卷本竟杳難再遘，然則此本，宋槧之僅存，而予與顧君得以流傳之，可不謂厚幸也哉。

重刻鹽鐵論并考證序代張古餘

《鹽鐵論》自明嘉靖中爲張之象所亂，卷第割裂，字句踳謬。盧學士《羣書拾補》已嘗言之。予向恨不見善本，近因顧千里，得弘治十四年江陰令新淦涂禎依嘉泰壬戌本所刻，及其後錫山華氏活字所印，細爲校讀。知張之象之不可據，在盧所云外者甚多，而盧又時出己見，頗有違失，亦未可全據也。爰取涂本，重刻於江寧。撰《考證》一卷附後，審正其文，粗涉義例，以貽留意此書者。

鹽鐵論考證後序代張古餘

《漢書·傳贊》謂始元鹽鐵，當時頗有其議文。至宣帝時次公推衍增廣條目，著數萬言，成一家之法。今讀其書，所以相詰難者，大抵本羣經諸子而爲語。歷世差久，觀者茫昧，不得其解。如《毀學篇》：「昔李斯與包邱子俱事荀卿。」包邱子者，浮邱伯也。《漢書·楚元王交傳》：「俱受詩於浮邱伯。伯者，孫卿門人也。」注：服虔曰「浮邱伯，秦時儒生」，是其證。《散不足篇》「庶人即草蓐索經」，索經者，以索爲經。鄭注《公食大夫》「皆卷自末」云：末，經所終。《韓詩外傳》、《説苑·雜言》皆云，孔子困於陳、蔡之間，席三經之席，是其證。《備胡篇》「《春秋》貶諸侯之後」，謂《公羊春秋》刺諸侯戍人而後至者。襄五年「冬，戍陳」，十年「戍鄭虎牢」，《傳》皆云「孰戍之？諸侯戍之曷爲不言諸侯戍之？離至不可得而序，故言我也」。何休五年注云「離至，離別前後至也」，又云「乃解怠前後至，故不序，以刺中國之無信」，是其證。《取下篇》「是以有履畝之税，《碩鼠》之詩作也」，履畝、碩鼠爲一事，當出《三家詩》之序。《公羊》宣十五年傳云：「税畝者，何履畝而税也。」又云「什一行而頌聲作矣」，正爲《碩鼠》詩而言。《三家詩》、《公羊》皆今文，宜其説之相近。《潛夫論·班禄》云「履畝税而《碩鼠》作」，是其證。又《潛夫論》下云「賦斂重而譚告通，班禄頗而傾父刺。行人乏而緜蠻諷」，皆上見序，下見《詩》。今本譌舛，致不可讀。《結和篇》「閭里常民，尚有梟散」，梟散者，貴賤也。《韓非子·外儲説左下》「博貴梟勝者必殺梟，殺梟者是殺所貴也。儒者以爲害義」，《戰國·楚策·唐且見春申君章》「夫梟棊之所以能爲者，以散棊佐之也。夫一梟之不勝五散，亦明矣。今君何不爲天下梟，而令臣等爲散乎？」是其證。鄭注《考工記》有「博立梟棊也」。《詔聖篇》：「《春秋》原罪，甫刑制獄。」制獄者，哀矜折獄也，乃《今文尚書》説。《大傳》曰：「聽訟雖得其指，必哀矜之。死者不可復生，絶者不可復續也。」《書》曰「哀矜折獄」，故次公與《春秋》原罪並言。《論語》「片言可以折獄者」，《釋文》云「魯讀折爲制」。《漢書·刑法志》曰：「《書》云：伯夷降典，折民惟刑。言制禮以止刑。」其説亦本諸《大傳》，是其證。伏生、次公及班孟堅皆讀折爲制者，今本《大傳》作「哲」，《漢書》作「悊」，非也。此類皆徵驗明白，然知之者或寡矣。古餘先生雅好是書，用功甚深，既刻涂禎本而附之考證，所以正其踳，理其紛者，皆精心獨詣，刊落常聞，批卻導窾，不假穿鑿，真有如兒説之解蔽結也。間與廣圻往復講論，援引載籍，旁推交通，多得要領。因非涉字句譌錯者，例不兼著。故敢撮取一二，附書於末，具如右條。俾學子合而觀之，尚能循緒探索，曉其詞以識其意，則西京儒家之言，將昭然復顯。尤先生所亟亟想望者也。

重刻晏子春秋後序

嘗謂古書無唐以前人注者，易多脱誤。《晏子春秋》其一也。乾隆戊申，孫伯淵觀察始校定之，爲撰音義、發凡、起例，綱舉目張矣。嗣是盧抱經先生《羣書拾補》中《晏子》，即據其本。引申觸類，頗得增益。最後見所謂元人刻本者，補二百十五章之目，而觀察亦得從元刻影鈔一部，手自覆勘。嘉慶甲戌九月以贈吴山尊學士。於是學士屬廣圻重刻於揚州。《别録》前有都凡每篇有章次、題目、外篇，每章有定著之故，悉復劉向之舊。洵爲是書傳一善本已。廣圻讎字之餘，尋繹文句，間有一得。知《問上》篇第十二章當云：「故臣聞義，句。謀之法也。句。民，句。事之本也。」下文當云：「及其衰也，建謀反義，四字句。興事傷民。」《問下》篇第十五章當云：「晉平公饗之文室，句。既事，句。請以燕。」第十九章當云：「其事君也，盡禮道忠。句。不爲苟禄，不用則去，而不議其交友也。論義道行，句。不爲苟戚，不同則疏而不誹。」今本皆脱誤不可讀，此類相承雖久，尚有可以爲之推求審正者。其《音義》、《拾補》方行於世，既所共覩，不事贅述。倘取以參稽互證，尊舊聞而資新悟，將見讀《晏子》者之自此無難矣。

韓非子識誤序

予之爲《韓子識誤》也，歲在乙丑，客於揚州。太守陽城張古餘先生許宋槧本，太守所借也，與予向所得述古堂影鈔正同。第十四卷失第二葉，以影鈔者補之。前人多稱《道藏》本，其實差有長於趙用賢刻本者耳，固遠不如宋槧也。宋槧首題「乾道改元中元日黄三八郎印」，亦頗有誤。通而論之，宋槧之誤，由乎未嘗校改，故誤之迹往往可尋也。而趙刻之誤，則由乎凡遇其不解者，必校改之。於是而并宋槧之所不誤者，方且因此以至於誤；其宋槧之所誤，又僅苟且遷就，仍歸於誤，而徒使可尋之迹泯焉，豈不惜哉！予讎校數過，推求彌年。既窺得失，乃條列而識之。不可解者，未敢妄説。庚午在里中，友人王子渭爲之寫録。間有所論。厥後携諸行篋，隨加增定。甲戌以來，再客揚州，值全椒吴山尊學士知宋槧之善，重刊以行。復舉「識誤」附於末。竊惟智茶學短，曾何足云。庶後有能讀此書者，將尋其迹，輒以不敏爲之先道也。

韓非子識誤後序

《韓子》各本之誤，近又得其二事。《外儲説左下》兩云「孟獻伯」，「孟」皆當作「盂」。盂者，晉邑。杜預云：「太原盂縣」者是也。獻伯晉卿，盂其食邑，以配謚而稱之，猶言隨武子之比矣。《説疑》云「楚申胥」，「申胥」當作「葆申」。葆申者，楚文王之臣，極言文王茹黄狗、宛路矰、丹姬事而變更之。下文所謂疾争强諫，以勝其君者也，見《吕氏春秋》。高誘注曰：「葆，太葆官，名申」又載《説苑》，葆作「保」，《古今人表》同。葆、保同字也。時已刻成，補識於後。

抱朴子外篇序

右《抱朴子外篇》五十卷，每篇爲一卷。所見有明《正統道藏》本，及葉林宗鈔《道藏》本，又嘉靖承訓書院刻本。往者孫伯淵、方葆巖兩先生既合校《内篇》而刊之，嗣見屬校此《外篇》。而兩先生相繼云亡，荏苒及今，尚思成此未竟。爰發而出之，細讀一過，始知各本大概相同，脱衍譌錯，往往皆是。甚至於所用經史諸子成語顯而易見者，每仍轉寫形近之失，以致全不可通。又甚至闌入重出之文，以當第四十四、四十五兩篇，遂致第四十七、四十八、四十九三篇，本爲三卷者，積於四十九一卷之中。亦復相沿而罔覺，甚矣，其誤也！於是爲之更正次第，勘定文句，補删改乙，幾及千條。合前所刊《内篇》存諸篋中，冀無負宿諾云爾。世間又有明盧舜治刻本，間有駮異，悉出臆改，是爲誤中之誤。兹既無取，故不更及也。

重刻古列女傳序代從兄抱沖

劉向《列女傳》，考顔黄門《家訓》，則曹大家注本已有羼入者。至宋時，蘇頌、王回又出己意更改，厥後蔡驥遂散《頌》入傳。而建安余氏勤有堂所刊，兼逸去《頌義》、《大序》及《魯師氏母》一傳，迥非劉氏之舊矣。余氏本世亦不多有。予購得之，爰重梓焉。凡八卷，悉仍之，不復據目録正其次第。以劉氏元書不可追復故也。余氏本上方有圖，首題虎頭將軍畫。然據王回序，則吕縉叔等所見圖，乃止《母儀》、《賢明》二傳，後并無從更得。今此圖蓋余氏所補繪耳。無容贅爲摹刻也。至曹大家所注十五卷，宋時具存，今竟亡矣。而宋以前人注書及所輯類書頗多援引者，異日仍當蒐羅審擇，都爲一編，以傳梗槩焉。

列女傳考證後序

乾隆癸丑，家兄抱沖得宋槧本《列女傳》於郡故藏書家，至乙卯付之梓。其明年嘉慶丙辰梓成，廣圻董梓讐之役焉。乃參驗他書，綜覈同異，於劉氏義例竊有證明。其傳寫訛脱，亦略爲補正，不敢專輒，改其故書，兼不欲著於當句之下，横隔字句，故别爲此《攷證》附於後。金壇段君玉裁向曾借鈔是書，手疏數十條於上下方，知將付梓，悉以見畀。及《攷證》就，復從請正。今多載其説，每題「段君曰」，以識别云。

刻易林序

廣圻十六七歲時，從游於長洲張白華師，假館程子念鞠家。鄙性不耽尚時藝，每問師讀古書之法。師指誨靡倦。念鞠既同門，而頗蓄書，甚相得也。先是念鞠有陸敕先手校本《易林》在師所，枚弃漫士吴君借而失去。廣圻後聞其事，恨不一見。多方搜訪，久之遂獲袁君綬階以枚弃所臨，及餘姚盧抱經學士所臨等本相示。最後陸本歸黄君蕘圃，取勘一過，良多是正。乙丑冬，客江寧。蕘圃以札來告，將謀付刊。去冬返及里門，則釐然在目焉。而屬序其簡首，回憶初知有是書之日，倏忽二十五六寒暑。曾不一瞬，唯師頤德弗營，精神巋然；而念鞠以薄宦遽化於外，廣圻亦復行年四十有三，久見二毛矣。方思悉數吾吴人物源淵，典籍流派，所聞所見，加以筆記，存諸敝篋，示我兒曹，稍傳文獻之信。而蕘圃刻是書顛末，乃可爲其中一事者也。敢即舉而書之。

刻陸敕先校宋本焦氏易林序代黄蕘圃

世所行諸刻《易林》，悉出自明内閣本，成化癸巳彭華題後可證也。分上下經爲卷，或又析之作四卷，而其譌舛不可卒讀，則盡同。近好事者，多傳臨陸敕先校宋本。文句碩異，實視諸刻遠勝。往歲陸手勘者，歸予家。續又收葉石君校本，取以參驗先所傳臨，竟有稍益失真處，故付之刻。凡陸勘而誤，必存其真，雖可知當爲某字者，終不輒以改竄，亦猶予向日刻他書之意耳。其諸刻所附，而陸勘未及者，蓋皆非出於宋本，概不載入。陸僅就嘉靖四年所刻以勘，而記於上方，云：「卷次非宋本。」考季滄葦《延令宋板書目》：「《焦氏易林》十六卷，八本」，未知其爲即校宋本之祖，抑板同而又有一部？然分卷十六，確鑿可信，尚與《隋志》數合。又嘗見一別本，乃如此，今特據之。實每卷四卦也。延令藏書散失流轉，予得之頗不少。此書當仍在天壤間，安能一旦再出，使所謂全注並傳，且行款偏旁均復舊觀，必將爲陸勘助掃落葉，豈不更快。識於此，冀我二三同志搜訪之云。

焦氏易林後序

此書今本之誤，非校宋本不能正者，如賁之鼎「東門之壇」，乃《詩・鄭風》文，《正義》云：「偏檢諸本，字皆作『壇』。」又云：「今定本作『墠』。」《釋文》云：「『壇』音善，依字當作『墠』。」可見作《易林》時固是「壇」字，今作「墠」者，誤依定本以後《毛詩》所改，似是實非。頤之解「飢人入室」乃《史記・殷本紀》所謂「及西伯伐飢國，滅之」，徐廣曰：「飢一作阢」，又作「耆」，即《尚書大傳》之「西伯戡耆」也，今飢人作「箕仁」，臆改而誤。萃之漸「橘柚請佩」乃《韓詩內傳》漢有游女事，所謂「聘之橘柚」者也，今「橘柚」作「禱神」，亦臆改耳。旅之蒙「封豕溝瀆」，全取《史記・天官書》語，今「豕」作「豚」，失之遠矣。其類甚夥，咸有如風庭之掃葉也。顧君千里見語曰：「讀此書之法，又有三焉。以複見求之也，以所出經子史等求之也，以韻求之也。」如比之震「扶杖伏聽」，誤。无妄之中孚，「扶」下無「杖」字，「聽」下有「命」字者是。兑之否「扶」作「俯」亦非，扶伏者，匍匐也。大過之蠱「故革懈惰」誤，遯之益、鼎之既濟作「五粲解墮」者，是「粲」或體作「肇」也。豐之困「膠牢振振，冠帶無憂」，誤，《明夷》之「旅」作「膠目啓牢，振冠無憂」者是。《吕覽・贊能》説管仲事，正曰「膠其目也」。此皆可得之於複見者。如乾之咸「反得丹穴，女貴以富」，「貴」當作「清」，本《史記・貨殖列傳》「而巴蜀寡婦清，其先得丹穴」。大畜之訟「哀相無極」，「哀相」當作「衷袒」，本《左氏傳》「皆衷其袒服」。小畜之漸「鳴鳩飛來」，晉之艮作「餌吉知來」。家人之大畜作「神烏來見」。皆誤，當作「鳱鵠知來」，本《淮南・氾論訓》「乾鵠知來而不知往」，鄭注《大射儀》引作「鳱」，此與之同。姤之晉「販鼠賣卜」，「卜」當作「朴」，本《戰國策》「周人謂鼠未腊者朴」。升之艮「扶陜之岐」，「扶陜」當作「杖策」，本《尚書大傳》「遂杖策而去，過梁山邑岐山」，今本《大傳》「杖策」誤倒。震卦「枯瓠不朽」，「朽」當作「材」，本《國語》「苦瓠不材於人」。既濟之「鼎禍起子商」，「子」當作「于」。于，於也，商宋也，謂禍起於宋雍氏，本《左氏傳》也。此皆可得之於所出經子史等者，如訟之損「更相擊劍」，劍當作「詢」。明夷之臨不誤。大畜之家人作「詢」亦非，以「詢」與下「走」爲協。晉之漸「神君之精」，「之精」當作「乏祀」，以「祀」與上「起」、「理」爲協。革之豫「沾我袴襦，重難以涉」，「袴襦」當倒，「涉」當作「步」。未濟之損不誤，以「袴」、「步」爲協。兑之噬嗑「茂樹斬枝」，「枝」當作「枚」，以「枚」與下「飢」爲協，此皆可得之於韻者，其類亦甚夥，難以悉數。又如豫之豐云「一説文山蹲鴟」，「一説」即「一作」也。由是以推，凡一繇數句，而上下語意不類，蓋皆脱去「一作」字，而誤相連并耳，此又一法也。讀者苟於校宋本得之，之外循是而各各求之，思過半矣。予甚然其言，附著於末，以貽好學者。若夫繁文衆詞，自我作古，冀博善讀書之名，而其意不在書，乃顧君生平深惡痛絶者。予雖不敏，亦未忍爲此態也已。

廣黄帝本行記序

《廣黄帝本行記》一卷，載《道藏》「海」字號，非完書也。考《新唐書·藝文志·雜傳記類》云「王瓘《廣軒轅本紀》三卷」者即此。蓋其書備詳黄帝始末。今起於「黄帝以天下既理」，乃所存但下卷耳。首題「脩行道德」，必每卷各以四字標識。而上中二卷，是黄帝生長及治天下等事，皆與道家無涉，故不爲《藏》所收，而遂佚去。本書帝吹律定姓者十二，注云在中卷。又黄帝有子，各封一國，注云具中卷，尤可證矣。淵如先生得壹是堂舊鈔本，屬校刊於江寧。因借朝天宫正統十年藏本對勘一過，凡訂正若干字。錢曾《讀書敏求記》著録與此無異，計世間未必更有足本，姑闕之以俟博見者。

軒轅黄帝傳序

錢曾《讀書敏求記》於《廣黄帝本行記》之後，即次以《軒轅黄帝傳》一卷，云闕撰者名氏，注引劉恕《外紀》，殆是宋人所著歟。今淵如先生所得壹是堂鈔本，正合二種爲一册，必所出同源也。注又引《蜀檮杌》，乃宋英宗時人張唐英次公所著。此書固在其後。考《道藏》「以」字號十《雲笈七籤》卷一百所載《軒轅本紀》，即王欽若《聖祖事迹》，亦曰《先天紀》，有真宗御製叙可證。大段頗同而文句間有出入，蓋欽若撰《事迹》，用王瓘《記》爲藍本，而此傳復用《事迹》爲藍本也。欽若經進之意，特在繁富，採摭羣籍，不無闌取。如《史記·五帝本紀》「幼而徇齊」，徐廣注：「《墨子》曰：年踰五十，則聰明心慮，不徇通矣。」《索隱》云：「俗本作十五，非是。按：謂年老踰五十不聰明，何得云十五？」可見徐注《史記》引《墨子》者，祇證「徇」字之義，與黄帝初不相涉，而取之云「帝年十五，心慮無所不通」。既依俗本，且竟以爲黄帝事，非也。又如《封禪書》「濟南人公玉帶上黄帝時明堂圖云云，於是上令奉高作明堂汶上，如帶圖」，徐廣曰：「在元封二年秋。」而取之云「又濟南人公玉帶上黄帝明堂圖」，削去「時」字，以爲上圖於黄帝。又云「帝依圖制之」，以爲黄帝依帶圖制明堂，是公玉帶乃黄帝時濟南人矣，尤非也。此傳皆沿其誤，不無可議。度王瓘唐人，未必有是也。然瓘《記》上中二卷亡失，終籍此尚見厓略。今既一并校刊於江寧，獨惜弗獲述古藏本對勘耳。其《先天紀》異同不更列入，因張萱所刻《雲笈七籤》自行於世，無難並觀而參考也。

序四

數書九章序代夏方米[三]

敦夫太史校其家道古數書開雕，屬文燾爲之覆算。其題問與術草不相應，或術與草乖甚，且算數有誤，則當日書成後未經親自覆勘耳。至綴術推星題，推五星逐度，用遞加遞減之法，揆日究微，題於節氣影差逐日不同，皆以平派求之。此則法有古今，弗可概論也。大衍求一術，向以爲即郭守敬《曆源》、李冶《測圓海鏡》之天元一法，及歐羅巴借根方法。今案：借根方之兩邊加減，雖與天元一相消不同，而其術即天元一法，無待論矣。若大衍術，實非天元一法，未可以其有「立天元一」之語，遂以郭守敬及李冶所謂天元一者當之。《潛揅堂集》亦言大衍術與李敬齋自言得自《洞淵》者有異，不信然乎。聞李尚之嘗謂《孫子算經》中三三數之，五五數之，七七數之一題，爲大衍求一術所自出。予謂道古自序，實已自言之，何也？是書大旨爲九章廣其用。如《賦役章》首題答數至一百七十五條，每條步算之數至十餘位，而得數皆無不合。均貨推本題方程而兼衰分。劉徽云世人多以方程爲難，道古此題，其難更何如矣。開方衍變圖式備詳，足資後人參攷，凡此皆大有功於《九章》者。自序乃云：「獨大衍術不載《九章》。」其意以爲以各分數之奇零，求各分數之總數，《九章》無此法，而《孫子》有之，此《九章》後可以立法者，故隱以語人，使自得之也。試爲衍之，甲三乙五丙七爲元數、連環求等皆得一不約，便以元數爲定母，以定母相乘，得一百五，爲衍母。以各定母約衍母，得甲三十五，乙二十一，丙一十五，各爲衍數滿定，去衍，得奇甲二乙一丙一，以奇與定用大衍求乘率，仍得甲二乙一丙一對乘，衍數得甲七十、乙二十一、丙一十五爲各用。數次置三三數之賸二，以二乘七十得一百四十五，五數之賸三，以三乘二十一得六十三。七七數之賸二，以二乘一十五得三十五。併所得爲二百三十三，是爲總數，滿衍母倍數去之，餘二十三，即所求數。凡所求數在衍母限内者，其數最小。爲第一數。若大於此數者，遞加一衍母數，無不合者，或列各定爲母，於右行各立天元一爲子，於左行以母互乘，子亦得衍數，是反覆推之，而其術乃憭然也。作者之謂聖，述者之謂明。道古此術其述而進於作乎。他如推求本息題，各差有反錐、方錐、蒺藜之名，少廣投胎術，即益積之異名，是必古有其名，而算數之書爲世所不經見者，猶多也。

隋李播天文大象賦後序壬申五月

嘉慶庚申歲，淵如先生在浙中得晴川孫之騄手鈔本《大象賦并注》一帙，題云「張衡《大象賦》，苗爲注」。因考《困學紀聞》云：「《大象賦》，《唐志》謂黄冠子李播撰，李台集解。播，淳風之父也。今本題楊炯撰，畢懷亮注。《館閣書目》題張衡撰，李淳風注。愚觀賦之末曰『有少微之養寂』云云，則爲李播撰無疑矣。播仕隋，高祖時棄官爲道士。張衡著《靈憲》，楊炯作《渾天賦》，後人因以此賦附之，非也。」故改定題爲《天文大象賦》，李播撰，依《唐志》及《崇文總目》、《通志・藝文略》也。注人厚齊，未經論定。

考《宋史・藝文志》云「張衡《大象賦》一卷，苗爲注」，獨與晴川本相合。苗爲，不知其人，亦不知今注與所謂李台集解等若何異同也。故仍其舊題焉。先生以此注世間罕傳，屬予校刊以行。今年五月遂取隋唐間人言天文之書，若《史記・天官書》正義、《漢書・天文志》顔注、晉隋兩《天文志》、《開元占經》等參互細勘。凡晴川本之脱譌衍錯，不能卒讀，而的然可知者，幾數百處，悉補改删乙之矣。至稍涉疑似，如《注》云：「羅堰三星」，而晉、隋志皆云九星。《注》云「礪石四星」，而《隋志》云五星。《注》云「天庾三星」，而晉、隋志皆云四星。當是別有所出，未敢據彼改此。又如《賦》云「其外鄭越開國，燕趙鄰境，韓魏接連，齊秦悠永，周楚列曜，晉代分囧」，《注》云：「鄭一星在越南。越一星在鄭北。燕一星在鄭東北。趙二星在燕東南。韓一星在晉南。魏一星在韓北。秦二星在代西。代二星在晉東北。」十二國合十六星，脱去齊、周、楚、晉。而《開元占經》引《巫咸占》則云「齊一星在九坎東。趙二星在齊西北。鄭一星在趙東北。越一星在鄭西北。周二星在越東北。秦二星在周東南。代二星在秦東南。晉一星在代西南。韓一星在晉北。魏一星在韓北，近秦星。楚一星在魏西南，近鄭星。燕一星在楚東南，近晉星」。《隋志》則云：「九坎東列星：北一星曰齊，齊北二星曰趙，趙北一星曰鄭，鄭北一星曰越，越東二星曰周，周東南北列二星曰秦，秦南二星曰代，代西一星曰晉，晉北一星曰韓，韓北一星曰魏，魏西一星曰楚，楚南一星曰燕。」皆與此注差違不合，當亦是別有所出，非可相補。又如《賦》云：「峙樓垣而表戾。」《注》脱去「樓垣」。《晉志》引京房《風角書・集星章》所載，妖星有天樓、天垣，皆歲星所生也。《隋志》引作「天樓星生亢宿中，天垣星生角宿中」。《開元占經・妖星占》「天垣在角宿中」云云，「天樓在亢宿中」云云，其語尤詳。而不知此注原文若何，亦非可相補。又如注大理一條，天柱一條，天庾一條，天廩一條，内五諸侯一條，常陳一條，其末皆脱去占。又如《注》凡五星一條，土末脱去「與火合」云云，更無以補之。斯類均標明爲缺，以存其真。校既畢，繕寫一通，質諸先生而記其書之本末及校之大略於後。

重刻宋本鷄峯普濟方序 代汪閬源，戊子二月

《鷄峯普濟方》三十卷，每卷署馮翊賈兼重校定，南宋槧本也。缺第二、三、六、八共四卷，有檇李項氏圖章。今歸予插架，考以行世收藏家各目，並未著録。唯《宋史・藝文志・子類醫家》有張鋭《鷄峯備急方》一卷，馬端臨《經籍考》《鷄峯備急方》一卷引陳氏曰「産醫教授張鋭撰，紹興三年爲序，本皆單方也」。《書録解題》作「太醫局教授」，餘同。用是知其時代、姓名，而賈兼之署「重校定」亦曉然矣。然此一卷，乃全書之卷第三十，其曰「備急」者，特分門子目之一而已。又明李時珍輯《本草綱目》列《鷄峯備急方》張鋭於引據，似猶及見之，亦稱「備急」，則皆未見他卷者也。予意「鷄峯普濟」者，當是鋭自題之。首一卷《諸論》，即鋭所撰，分門正出其手，三十卷亦其自定無疑也。觀其中有「處方」一論，詳言古方治療之妙，戒學者以不可忽，斯作書之本指，實足爲通部序例，於以見採摭富而決擇精，倘能用之，其功效誠有今人所不到焉，可聽其若存若亡哉？況自宋以來流傳已尠，日就殘失，將致湮沈，尤宜亟爲表微。爰

影摹開雕。校讐竣事，述其梗槩如此。若夫四卷之缺，或海内博識君子，竟如河東三篋，有以津而逮之，則固予所旦暮企望者焉。

重刻鷄峯普濟方序戊子五月

閬源觀察多藏秘笈，其《鷄峯普濟方》一書，又世所罕傳。於是重加刊刻，既成，屬予爲序。予不知醫，其將何以序是哉。雖然，甞病夫今之醫者之爲方也，舉凡方書，罔克究心。雖顯著如《千金》、《外臺》之屬精深博大者，家有其書已鮮矣，而況讀乎？而況用乎？唯坊肆陋本抄撮湯頭，編爲歌訣，人挾一册，口剽目竊，以蘄速化。迨病之來，皆皮附應之，冀望其幸中，此固必不得之數也，太史公傳倉公，言意自少喜醫藥，醫藥方試之多不驗者，得見師臨菑元里公乘陽慶，謂意曰：「盡去而方書非是也。欲盡以我禁方書悉教公。」然則觀國工之所以得，悟俗工之所以失，盡去其不驗非是之故方，更受古先遺傳之禁方，豈非此日之急務哉！陽慶之予不可遘，特當於昔人方書中求之耳。張氏審擇會萃，以普濟之心成書，汪君不專己有，刊普濟之書行世，厥以是乎？厥以是乎？予既辭不獲命，輒書此序之，以待夫後之讀而用者。

重刻宋淳熙本文選序代胡果泉，己巳二月

《文選》於孟蜀時，毋昭裔已爲鏤板，載《五代史補》。然其所刻何本，不可考也。宋代大都盛行五臣，又并善爲六臣，而善注反微矣。淳熙中，尤延之在貴池倉使，取善注讐校鋟木。厥後單行之本，咸從之出。經數百年轉展之手，譌舛日滋，將不可讀。恭逢國家文運昭回，聖學高深，苞函藝府。受書之士均思熟精《選》理，以潤色鴻業，而往往罕覯，誦習爲難。寧非缺事歟？往歲顧千里、彭甘亭見語，以吴下有得尤槧者，因即屬兩君遴手影摹校刊行世。踰年功成，雕造精緻，勘對嚴密。雖尤氏真本，殆不是過焉。從此讀者開卷快然，非敢云是舉即崇賢功臣，抑亦學海文林之一助已。其善注之并合五臣者，與尤殊别。凡資參訂，既所不廢。又尋究尤本，輒有所疑，鉤稽探索，頗具要領，宜諗來者。撰次爲《考異》十卷，詳著義例，附列於後，而别爲之序云。

文選考異序代胡果泉，己巳

《文選考異》起於五臣，然使有五臣而不與善注合并，若合并矣，而未經合并者具在，即任其異而勿考，當無不可也。今世間所存，僅有袁本，有茶陵本，及此次重刻之淳熙辛丑尤延之本。夫袁本、茶陵本固合併者，而尤本仍非未經合并也。何以言之？觀其正文，則善與五臣已相羼雜，或沿前而有譌，或改舊而仍誤。悉心推究，莫不顯然也。觀其注，則題下篇中，各經闌入吕向、劉良，頗得指名，非特意主增

加，他多誤取也。觀其音，則當句每未刊五臣，注内間兩存，善讀割裂既時有之，删削殊復不少。崇賢舊觀，失之彌遠也。然則數百年來，徒據後出單行之本，便云顯慶勒成，已爲如此，豈非大誤。即何義門、陳少章，齗齗於片言隻字，不能絜其綱維，皆繇有異而弗知考也。余夙昔鑽研，近始有悟。參而會之，徵驗不爽，又訪於知交之通此學者。元和顧君廣圻、鎮洋彭君兆蓀深相剖判，僉謂無疑，遂乃條舉件係，編成十卷。諸凡義例，反覆詳論，幾於二十萬言。苟非體要，均在所略，不敢秘諸篋衍。用貽海内好學深思之士，庶其有取於斯。

重刻宋九卷本古文苑序 己巳十月

孫巨源《古文苑》，次爲九卷，淳熙間韓元吉記其末云：「譌舛謬缺者，多不敢是正而補之，蓋傳疑也。」可謂慎矣。後此有章樵者爲之注，改分廿一卷，移易篇第，增竄文句，夐非舊觀。不僅《詩紀匡謬》譏其於《柏梁詩》妄署姓名；《困學紀聞》論其不解曹操夫人與楊彪夫人書、房子官綿、及《釣賦》元淵等之爲違失也。然自前明以來，章本偏行，而韓本殆絶。丁巳春，予得陸貽典影宋九卷全袟於家抱沖兄，於是庚申之冬，仁和孫君邦治重刊之。旋遭何人攫去資費，工乃弗就。迨今兹淵如觀察以續刊見屬，爰始竣事，將遂印行。豈所謂書之顯晦，自有其時者耶。且此本之譌舛謬缺，有可考知者。如揚雄《蜀都賦》「爾乃其俗迎春送」下脱「冬」字。《文選·三都賦》李善注引有之。《誚青衣賦》「悉請諸靈僻邪無主」,「僻」當作「辟」,「無」當作「富」。《藝文類聚》卅五引不誤。孔北海《離合作郡姓名字詩》「海外有截,隼逝鷹揚」,「截」當作「乩」。隸體「截」作「乩」,洪釋度尚《碑》正如此。《上林苑令箴》「昔在帝羿共田徑游」,「共」當作「失」,「徑」當作「淫」,即《離騷》〔四〕之「羿淫游以佚田兮」也。凡若斯類,灼然無疑。其餘與羣籍出入,足資證明者,尚難勝枚數。夫既通其所不通,而不强通其所不可通,是在善讀書者,固非章注望文生解所能見及。抑與韓記之云初無異致也。唯觀察博學精思,爲識此意,因兼屬撰序,故舉而著之。

駱賓王文集考異序 代秦敦甫,丙子八月

《駱賓王文集》,余友元和顧澗蘋廣圻用汲古閣毛氏所藏本影寫,近從之借來,以校世行各本,判然不同。證諸《直齋書録解題》,蜀本也,分卷凡十。爲賦頌一、詩四、表啓書二、雜著三。前有郗雲卿序。又考舊新兩唐志皆以十卷著録,是此實爲唐宋相仍,雲卿編次之舊矣。惜其流傳絶少,遂摹刊印行。澗蘋復取《文苑英華》互勘,凡注「《集》作」,大抵相合。其遇有可疑,及《集》非《苑》是,并《苑》無注者,皆加決定,撰爲《考異》一卷。至於《苑》有差違,或兩得通,雖則甚夥,咸在所略。蓋非難了,宜省繁蕪。又世行本無足信據,故亦置而弗論。既成,屬余書首以著緣起,兼發其几云。

吕衡州文集序代秦敦甫，丁亥閏月

唐人文集存者，纔二三十種。藏書家每苦不能盡得。即得矣，又苦其本不能盡善。如吕温和叔集，世所傳皆自常熟馮氏鈔出。予收獲真本，謂爲善矣。頃見元和顧君澗薲擕借來吴茂才有堂家藏足本。其末有跋云：「右《吕衡州集》十卷。前五卷係吴方山家藏舊鈔本，後五卷從正嘉時舊鈔本補全。其篇目次第與馮巳蒼照宋鈔本同。所異者，馮巳蒼初得宋本前五卷，又得宋本後三卷。其第六、第七二卷，均之缺如。雖從《英華》、《文粹》所載照目寫入，未得爲完書。今此本二卷獨全，可稱吕集之善本」云。跋不著名氏，驗以字蹟，近何屺瞻一派，或是義門門下士也。驚喜傳録，手加讎校。復念此僅存之秘笈，幾於舉世莫見，不可不及今流布，乃刊行之。唯吴本不無缺字，則賴馮本相補。顧君又徧取自舊新兩《書》以下，凡有關涉羣籍，博搜精擇，審定是非，踰時而後告成。爰著緣起之詳於端。有堂名志忠，先世在吴中，負藏書望，所謂璜川吴氏者也。聞其家稍落，不能多劃劂。顧君年來與英山金君近園規橅同撰《文粹辨證》，鈔校罕覯唐集，尚餘若干種，均有待於好古者。某不敏，敢用衡州爲擁篲清道矣。

吕衡州集後序丁亥九月

右敦甫太史所校刻《吕衡州文集》也。六、七兩卷出正嘉時舊鈔，獨爲完善。如卷六之《韋武碑》，卷七之《河東郡君誌》，舉世莫傳者也，誠足本矣。此外如《文苑英華》三百十六卷《和李使君三郎早秋城北亭宴崔司士因寄關中張評事詩》，三百十七卷《題從叔園林詩》，集所未見，今恐失真，皆不取入。緣《英華》撰人姓名每有轉寫舛錯故。六百十三卷《爲信安王進寫聖容真圖表》，載《曲江集》第八卷中。當開元末年作，遠在和叔未生之前。題下必本云「張九齡」，而今《英華》乃云「吕温」，難於盡信可知也。其六百三十八卷《代李中丞薦道州刺史吕温狀》，題下云「温自作」，蓋又采諸他書，亦不以取入此集云。覽者宜詳焉。至字句是非，别具考證，不復贅。

新刊李元賓集後序

秦澹生太史刊家藏舊鈔本《李元賓集》，合陸希聲趙昂所編，凡五卷。并取《唐文粹》、《文苑英華》等所有，而兩家失載者，爲續編一卷，附其末。既墨於板，屬加覆勘，爲之卒業，而歎太史之善於流傳古書也。蓋舊鈔字句每與《英華》所注「集作」吻合，洵稱精本。而續編亦全據「集作」，俾並存其真。又於相傳有誤，如云第五倫靈臺中以章懷所引《三輔決録》注證之，實倫少子頡事，不復易倫爲頡。恐此等乃元賓本文，轉因更正而有臆改之嫌也。太史所刊他書，矜慎類然。爰藉是發之，庶從事鉛槧者知所規則也夫。

重刻古今説海序

説部之書，盛於唐宋。凡見著録，無慮數千百種。而其能傳者，則有賴彙刻之力居多。蓋説部者，遺聞軼事，叢殘瑣屑。非如經義、史學、諸子等，各有專門名家師承授受，可以永久勿墜也。獨彙而刻之，然後各書之勢常居於聚，其於散也較難。儲藏之家，但費收一書之勞，即有累若干書之獲。其蒐求也較便。各書各用，而用乎此者，亦不割棄乎彼，牽連倚毗，其流布也較易。故自左禹圭以下，彙刻一途，日增月闢，完好具存。而唐宋説部書之傳不在彙刻中者，固已屈指寥寥矣。西山堂主人邵松巖告予曰：「雲間陸楫儼山書院《古今説海》，明嘉靖時彙刻也。分説選、説纂、説略、説淵，共一百三四十種。大抵唐宋説部，而他朝者間一預焉。厥板已毁，印本日稀。今取原書覆而墨之，悉依其舊，一字不改。願求序以記重刻緣起。」夫予之於説部書，其工夫甚淺，而刻書之利病，則宿所深知也。其利於書者，姑弗具論。若夫南宋時建陽各坊，刻書最多。惟每刻一書，必倩雇不知誰何之人，任意增删换易，摽立新奇名目，冀自銜價，而古書多失其真。逮後坊刻就衰，而浮慕之敝起。其所刻也，轉轉舛錯，脱落殆不可讀者有之。加以牡丹水利，觸目滿紙，彌不可讀者有之。又甚而奮其空疎白腹，敷衍謬談，塗竄創疻，居之不疑。或且憑空搆造，詭言某本，變亂是非，欺紿當世。陽似沽名，陰實盗貨，而古書尤失其真。若是者刻一書，而一書受其害而已矣。倘能如松巖之一字不改，悉依其舊，尚存不知爲不知之遺意。於是而古書可以傳，可以傳而弗失其真，豈不大愈於彼所爲哉。然則松巖雖恃書爲食者，而是役也，彙而刻之，一善也，猶所同也。覆而墨之，又一善也，乃所獨也。繼自今，即謂鉛槧小夫，當取坊友爲矜式，抑何不可？

序 五

逸周書補注序乙酉

邗水之陽，有修絜自好之士曰陳君穆堂。家世儒林，受學植行。插架既備，寢饋其間。徧涉四部，尤邃三古。雪鈔螢篡，祁酷靡輟。專室左右，池亭花藥，琴樽香荈，勝侶過訪，從容譚藝。皆以君爲如春之煦恬、秋之曠爽也。值今天子元年開殊科，有司欲選君以上，大府君力辭非所敢當，至再三乃止。於昔人所謂爲善而不近名，庶乎似之。予屢遊是土，交君頗稔。客冬嘗數晨夕獲見所注《逸周書》廿二卷，并屬爲之序。夫《逸周書》晉孔晁解，疎陋無足觀。近世餘姚盧學士文弨雖集合衆家校正刊行，然間一尋覽，但覺尚多棘口瞢心。譬猶蠶叢魚鳧，與康莊相錯。每至窘步，輒復掩卷。君獨不避艱難，鉤深致遠，字梳句櫛，旁徵博引，詳哉言之。凡孔解所無，盧校之欠，期於全得其通。則將讀是書，舍君之注曷由哉。定本有年，未遽問世。造物不聽君秘而自娱，迨乎今兹削氏告竟，予遂操翰濡墨，克完宿諾，爲讀《逸周書》者幸，彌爲《逸周書》幸矣。又嘗見君有疏證《隋經籍志》一書，爲例本諸深寧叟《漢·藝文》之作加以推廣。厥在補亡，搜羅鴻闊，排比妥帖，當使百氏廢者咸起，九流散者仍聚。其殆兼會前此孫縠、姚之駰、余蕭客、章宗源等諸公所長，而益其所未及，爲成一家言。兹事體大，方遲脱稿。以君富齒僅艾，篤嗜罔遷，日而月之，優而柔之，玉屑堆案，此中閉戶，珠光照乘，他時懸門可屈指計爾。牽連及焉，用訊夫世之以讀是書而知君者，且毋以知是書而盡君也。

蔡氏月令序甲申九月

左中郎將撰，集漢事，多湮沒於李郭之亂。太學七經四十六石，至洪丞相蓬萊閣重鐫，迺百不逮一。《月令》章句十二卷，集十二卷，梁有二十卷，錄一卷，皆在《隋書·經籍志》。今集既非舊，而章句自唐宋以來即罕著錄。吁！可悕已。同邑蔡立青雲，陳留之裔也。於是乎有《蔡氏月令》之作，經疏史注，搜輯徵引，遺文佚句，補綴發揮。論及問答，成篇具在。大義冠端，祛疑連後。散者獲整，廢而復起。又復博考羣書，反覆申究，旁及枝條。詳哉言之。豈徒述祖，恭承緒論；實亦著書，可名一家者也。手藁授弟子程賡堂嶺梅。而立青下世，賡堂不死其師，屬江鐵君沅寫定，將用刊行，問序於予。予向者不揆檮昧，《禮》文《經》記，粗綜諸說，竊以爲北海、鄭君，時代正接，《月令》兩注，抑何徑庭？蓋中郎之學，以今文家爲主；鄭君之學，以古文家爲主，理自有此，異同言非，故相出入。求其宏通，並行不悖。觀北海之典單行，念高陽之著若墜。於立青此書，固樂觀其成也。且以爲中郎於今文家之學，可謂集其大成。作爲文章，關通經義，而天聖中歐靜所序十卷本集，讀者往往不識家法。以致誤改，漸將失傳。輒欲校定，遺諸方來。丹鉛歷歲，未逮汗青。每興弔於東都，期勒成於舊業。立青往矣，與正奚從？綴筆之下，感慨係之焉。

刻釋拜序

凡學須名其家，金壇段君學之名其家者也。所著已刻有《六書音均表》等，未刻有《說文注》等共若干種。憶始相識在乾隆壬子，即見謂曰：「《音均表》解人向爲王懷祖，今乃得足下耳。」此言固未必然，而其所以厚廣圻者，誠可謂至矣。《釋拜》一篇在文集亦單行，舊得其副，今以嘉慶丁卯刻之於江寧，非欲用是酬知也。爲後世求段氏學者，將有涉於此也。

廣復古編序

予自辛未冬洎甲戌秋，在孫淵如觀察治城山館者，幾及三年。爲淵翁校刊《續古文苑》、《華陽國志》、《抱朴子内篇》、《古文尚書攷異》、《紹熙雲間志》等書，兼爲鄱陽胡中丞重翻元槧《通鑑注》。時淵翁從弟星海邃堂方講求《說文》正俗字，案頭草稿盈兩三尺。無暇取而細讀也。又二年及，今丙子之夏，書成。淵翁署名曰《廣復古編》，發凡、起例、邃堂自序詳之矣。以予粗通小學，復移書屬序。乃爲之序曰：周官保氏書有六，其五盡見於《說文》。其一不盡見於《說文》。夫象形、指事、會意、轉注、諧聲於《說文》九千餘字下所載之外，後人斷不容別贅一語。故謂之盡見也。九千餘字之假借，其多未易數，計載於《說文》者，特千百之一爾，故謂之不盡見也。然則何以獨於假借不盡見也？曰不能也。假借者，依聲託事也。天下之聲無窮，天下之事又無窮。則聲之依、事之託，亦因之而無窮。而何能盡見也。近今好古之士每慨叔重氏以後小學浸失，鄉壁虛造日出，不止九千餘字，或相倍蓰。憣然思按始一至亥以繩之。不佞疇昔弗揆檮昧，亦嘗從事，輒以爲盡見之五，《說文》具在，奪而正之也易；不盡見之一，網羅放失，奪而正之也難。雖然自唐虞至秦漢，假借字之可徵信者，經典傳注也，三史舊讀也，諸子詞賦也。碑板遺文也。其餘縱有無窮之聲之事之依且託，亦均歸於無徵不信矣。是故在當年方爲無限斷之假借，而至今日已成有限斷之假借。舍其無限斷，而取其有限斷，獨不可勒爲一書，輔佐《說文》而行，使六書之道大白於天下也乎。奔走傭筆，倏忽年艾，宂雜憂苦，智慮短耗。任重道遠，自分靡就。玆讀是編，備列《說文》六書之字，而於假借言之尤詳。博擥精覈，區分類聚，庶幾許書之理羣類，解謬誤，曉學者，視不佞曩所規爲恢恢乎兼容包并之，不亦善乎。邃堂又有與觀察合撰《擬篆字石經稿》若干卷，與是編互相發明，皆世間不可少之書。曰廣，曰擬，乃謙而又謙之辭。開卷題目，即無學子虛憍習氣。知書之矜慎能傳矣，是爲序。嘉慶廿有一年秋八月既望，時爲觀察分校唐文於揚州，事畢將返吴門之次也。

通鑑刊誤補正序 丁亥九月

前鄱陽胡果泉中丞翻雕梅磵注《通鑑》，及既印行，予進一言曰：「史家此書空前絕後，然有三誤：

溫公就《長編》筆削，不復一一對勘元文，遂或失於檢照。是其一也。梅磵雖熟乙部，間有望文生義，乃違本事，是其二也。今所據興文署本並非梅磵親所開刊，故於正文有未審溫公之指而錯者，於注有未識梅磵之意而舛者，是其三也。當各纂爲一書，博擇衆說，且下己意以卒嘉惠之盛舉。」中丞然諾，逡巡之際，遽沒於任。斯事廢矣。夫知前之二誤，非偏究十七史，而兼以旁通不辦，亦已難矣。知後之一誤，必又資於興文以上舊本。今者兩宋大字、中字、小字，未附釋文、已附釋文諸刻，即零卷殘帙，猶艱數覯。其梅磵手藁固久矣弗留世間，借曰卓識妙悟，好學深思，仍恐事倍功半，非尤難之難哉。予特寒士救死，不贍時日，費用了無籍手，繇是十年以來不更計議及此。頃江寧陳君嗜古過我，攜陽城張古餘觀察所著吴勉學本《刊誤》，所錄有明嘉定嚴永思之《補正》，謂曰：「斯二者實讀《通鑑》不可少之書。宋彝不揣，輒募貲合刊，敢請爲序。」予謂所著所錄之義例具詳觀察自序矣，不容複贅也。唯二書中頗於三誤有相關涉者，而予往事則於世鮮有聞焉，意可附出，以引其端，方來君子儻將竟是乎。抑古語「有之，莫爲之」，後雖美弗傳。二書美矣，陳君傳之，厥功大矣哉。誠何可不序。君觀察門生，亦寒士云。

廣陵通典序

郡邑志乘，濫觴晉宋，賀循《會稽》，劉損《京口》，陸任所合，内多斯例。後此繼之，盈乎著錄。其爲書也，能使生是邦者曉前古事跡。至其地者，驗方今物土，洵爲善矣。降及明葉，末流滋弊。事既歸官，成由借手。府縣等諸具文，撰修類皆不學。雖云但縻餐錢，虚陪禮帊，猶復俗語丹青，後生疑誤，正失復貫，必也其人。此江都汪容甫先生《廣陵通典》所以有作也。蓋其天才踔越，雅識淵深，目洞千秋，胸羅《七略》。出擿朱育之對，撟舌名公；入著虞卿之書，關心鄉邑。爰於撢經之餘，悉舉城邗以下，用編年之體，作釋地之篇。薈萃條流，差次月日。吴濞開國，孫韶領鎮。據割重形勝，治平饒轉輸。上下各代排比列城，沿革道理，户口貢賦，鉅靡不包，細亦無漏，故謂之通。進節義，退草竊，貴賢能，賤奢踰，刊棄神怪，擯落嘲咏，唯録有用之事，弗爲無益之談，字求其實，言歸於正，故謂之典。構造僅半，奄忽輟簡。後三十載，嗣子喜孫字孟慈，始奉遺稿，以墨於板，道光三年癸未之歲也。夫觀其貫穿正史，紛綸乙部，裴松之之引《江表傳》，司馬公之采《驚聽録》，羅昭諫之志，魏鄭公之文，放軼兼綱，幽隱曲登，可以知其取材之鴻也。孫吴所不居，江左所僑置，此隸彼割，朝回夕改，國在典午較狹，郡於大業特雄，以至太守、刺史、長史、節度，廢建不恆，遷莅相互，罔弗秩然，備於開卷，可以知其立例之當也。匡琦之戰時，濱江之徙年。王舒代鎮哀，豈容冠褚；桓宏中兵劉，未可著縠。勘宣蘭是簡，則宋謚獲通；訂蕭昺非景，而唐諱遂悟。決史文之宿疑，破相傳之積謬。若斯之倫，不勝指數，可以知其考覈之精也。上焉解剝馬班，下焉合和煦祁。三國參范蔚宗書，八朝連李延壽史。凡此成文，胥同己出，全收隱括之功，悉泯彌縫之跡，可以知其鎔裁之妙也。況乎規橅嚴整，氣局開張，人物於焉如生，江山爲之增壯。天下後世有善讀者，庶幾開拓心胸，奚止研練故實。以視其他圖經地記，縱使淳熙吴陵、紹熙廣陵故書具存，皆將避席。起成化之廢疾，箴嘉靖之膏肓，所勿論也。楊吴而下，雖曰闕如，一門世業，前後續成。昔繁其比，今亦謂然，是於孟慈有厚望焉。

人壽金鑑序 庚辰

曩識金壇段茂翁述其師戴東原之言，曰：「釋氏之教，謂人生百年，但如泡影。必脩至歷劫不壞，乃爲有以自立。我儒不然也，就此百年之中，求其所謂立德、立功、立言者，自足以不朽，而無俟餘求矣。」予聞而韙之，因思冉冉一世，不爲不暫。苟不知求自立，無論也。若求自立者，則以德、以功、以言，由少至老，無一日無當爲之事矣。策勵宜如何耶？推而至於一月，又推而至於一歲，策勵更宜如何耶？後聞全謝山有《年華錄》一書，集古人嘉言懿行，勝事美譚。凡屬有年可稽者，經史子集兼收並取，以每年爲經，以各人爲緯，而分繫之。意謂若此書者，人人得之，置於座右，用作觀省，實及時進脩之一助。惜流傳絶少，予乃未獲一見也。客歲在邗上，識李君練江，言及家有其書，并言其友淮城程君湘舟尤極愛之。即因練江而識程君。君名家子，敦素嗜古，多藏書而善讀。自言唯嫌全氏命意雖美，然恐出謝山緒餘，故擇焉不精，語焉不詳，均所難免。於是博搜深考，爲之補正。四部九流，期無譌漏。有似乎述，而不啻作也。亦既成編，視舊倍蓰，其盡善則過之，更命新名，將付剞劂。慮讀者不察，或誤等諸六朝隸事才語，屬予揭大旨於首。予因之有感焉。夫程君之著書，裨人進脩，良所謂立言，不媿儒者。吾知非僅爲當世所推許，即千秋而下，定無異辭也。至若予者，昏鈍疲孱，德之與功，固宜無分。而束髮受學，屈兹振素，不離文字間。徒以奔走傭筆，牽率遲暮，未能譔成一二短書謏說，以希表見。邇且貧病交攻，困羸莫支，轉思逃禪，消磨殘齒。猶復區區一序，自幸挂名簡端，豈不撫景而歎不逮程君遠甚也哉。

遯翁苦口引

遯翁者，子朱子晚年自號也。苦口若干條，《語類》之所節録者也。《語類》又載先生戲引禪語云：一僧與人讀碑云，賢讀著總是字，某讀著總是禪云云。又載豈有言天下之理而專爲一人者。有味乎此兩言，遂傳之。若乃訓門人，所謂只是覺得如此苦口，都無一分相啓發處，不知如何横說豎說，都說不入。噫！非但負節録，直是負遯翁矣。

徐公漱坡孝行録序丁亥閏月

洞庭徐公以道光三年受孝子之旌，明年建坊入祠。上距其歿三十餘載。孫士哲等請於有司，得如故事。於是輯《孝行録》三卷，首文移、事實，次狀、誌、讚、頌，而終之以賦、詠。既成，見屬爲序，受而讀之。家風祖德，臚然粲然，不啻親承下風，而目接其順德也。作而歎曰：美哉乎斯録。非直可入志乘之編纂，實所以備史館之采擇矣。夫正史之有孝子傳，自華嶠列劉平、江革等始。范蔚宗仍之。至沈約《宋書》，轉以孝配義，而標諸目。厥後孝行、孝感之屬出焉，莫不炳煥三靈，煇映百禩。然秉筆之所以綱維，必藉徵文方爲覈實。則夫行脩於前，名成於後，先人有美而稱之，豈非賢子孫之責哉。今徐公之孫既能發乃祖之幽光，又其著書，見之真，紀之確，不僅如蕭廣濟、鄭緝以下泛泛掇拾之比。彼休文所憾，事隔閭閻，無聞視聽，昭被圖篆，百無一焉者，庶因是而可釋也已。唯徐公孝，斯克有是孫。惟徐公有是孫，斯克傳其孝。《大雅》之詩云：「孝子不匱，永錫爾類。」蒙也不敏，敬爲此錄誦之。

開方補記後序 乙丑閏月

右《開方補記》，陽城張古餘先生之所撰也。蓋聞開方元始，載於少廣，其在句股，用以爲法，嗣是相承，踵事推衍，稍變能精，緝古有焉。逮於季宋之世，入諸天元之術，爰因平立以增諸乘，乃洎正負，而兼帶從，誠非其法有異，良由所御不同，作述之旨如是焉耳。入明以後，厥術寖微，疇人子弟罕洞前故，根柢云昧，枝葉競興。箬溪分測圓之類，宣城拾西鏡之遺。轉轉遷移，重重隔礙，以致沿流愈遠，趨路彌歧。臨初商而回泬，值幾數而眩眃。持小學之一端，等天高而難上。其可閔也不已甚乎。先生文囿學林，罔蓄疑義。六書九數，尤耐覃思。初治《海鏡》，默契《洞淵》。翻法在記，潛啓會心。以爲錯綜之致，畫一之規，猥入荅中，煩而不究。遺諸言外，藴而曷宣。損益斟酌，周詳要練。惜竟遭佚，末從證明。續勤網羅，取儁道古。商實從隅，别名定位。夙昔鴻蒙，幾將鑿破。猶以易題下算，未能應機無滯，仍累年月。

且恆諮訪，數四研尋，委曲曉暢。指蹤魯郡，合轍欒城，於是發凡舉例，創造各條。經之緯之，茂矣美矣。其於先超後折，異減同加，視上下而相生，循次第以置變。翻積益實之理，適盡命分之數，皆以墨守自古，起廢方今。至於議開即決其可否，審得懸識其小大，極反覆於商負，示易簡於取較，則又闢未傳之妙，標獨悟之宗者也。體製宏深，苞孕糅雜。慮夫學者或鮮邃慘，遂乃逐式設問，每步加圖。有奧必搜，靡變弗備。詳哉言之，無隱乎爾。更於最後，特探原本。圓城尖田，旁涉弧矢。揆以所施，申其攸當。譬彼詁字依文，匪異義之可奪；協句準韻，豈他音所能棼。著茲確論，允爲夫通。屬藁己未，勒成乙丑。區域九卷，薈萃一編。隻語莫排，千秋共信。繼往開來，溫故知新。近禩九九，一家而已。從此游藝之士，弄竹之倫，藏於箱裏，置向帳中，不啻司南倚衡，秘鑰繫肘者矣。是故秦書具在，拓過半之思；李記雖亡，釋俄空之憾。敢贊盛業，附諗知者。

序 六

知不足齋叢書序 庚午六月

嘗論刻書之難有三：所據必善本而後可，一難也；所費必多貲而後可，二難也；所校必得人而後可，三難也。此三者不具，終無足與於刻書之數，豈非難乎？今之具此三難而以之刻書者，其莫如吾友鮑君以文也。君收儲特富，鑒裁甚精。壯歲多獲兩浙故藏書家舊物，偶聞他處有奇文秘册，或不能得，則勤勤假鈔厥副。數十年無懈倦。其稱說一書，輒舉見刻本若鈔本校本凡幾，及某刻本如何，某抄本如何，某校本如何，不爽一二也。其於本有如此者。梨棗之材，剞劂之匠，遴選其良，費而勿靳。生產斥棄，繼以將伯，千百錙銖，咸歸削氏。猶復節衣減食，裨補不足。視世間所謂榮名厚實，快意怡情者，一切無堪暫戀，祇有流傳古人著述，急於性命。乃能黔范其所處，朱頓乎斯事也。其於貲有如此者。并涉四部，旁綜九流，奥篇隱事，心識口誦，元元本本。有經丹黄甲乙者，如風庭之掃葉。又況先達聞人，洎二三雅素，往復揚搉，集思廣益，外此即土壤細流，咸不讓擇。大要期諸求是。每定一書，或再勘三勘，或屢勘數四勘。祁寒毒暑，舟行旅舍，未嘗造次鉛槧去手也。其於校有如此者。是故生平前後所刻不下數百種，獨彙而爲叢書者，已至二十五集。人徒見知不足齋板片滿家，印本徧天下，幾等齊夫尋常刻書之易易也，而亦知君之爲其難者有如是乎？他日見語，曰：「相知二十年餘，且於書有同嗜焉。予何可無叢書之序？」夫叢書向有序矣，將奚以序之？亦唯有論刻書之難而已，亦唯有論君刻書之難而已。抑吾聞知其難而以難者爲難，則其易也將至矣；不知其難而以難者爲易，則其難也將至矣。事誠有之，書亦宜然。吾願今而序叢書也，後有刻書者得因以奉教於知不足齋。毋專守兔園册子，毋計較錐刀錢物，毋貽笑造磨弱杖，先其難，後其易，留刻書種子於不絶，則君之有功於書，豈僅在所刻數百種哉？遂不辭而序之如此。

張月霄書目序丁亥七月

書之難聚而易散，自古云然矣。以予目驗，前者先從兄抱沖小讀書堆，我友袁壽皆五硯樓，秘笈不少。方欲一傳，而片紙不能守。滋蘭堂主人朱文游晚失厥嗣，手斥萬籤。較販鬻家一出一入，詭得詭失，遂覺同歸於盡。後者有常熟陳子準、張月霄二君，於書好同、聚同、能讀同，十年以來，名在人口。予頻歲出游，不及與之賞奇析疑，而僂指識面，所以深期之者未有艾。日月幾何，聞子準夭，無子，半生心血所收，徒供族人一賣。月霄家落，責負者傾囊倒篋，捆載以去。於是屬望之素，方且爲之嗒然矣。忽一日，月霄跡予於里中，出巨册盈尺置几上，謂曰：「此所刻書目、續目也，刻纔成而書散。書散可惜，刻成可喜。願爲我序之。」予曰唯唯。今夫書之有目，其塗每殊。凡流傳共見者，固無待論。若夫月霄之目，乃非猶夫人之目也。觀其某書，必列某本舊新之優劣，鈔刻之異同。展卷具在，若指諸掌。其開聚書之門徑也歟。備載各家之序跋，原委粲然，復略敘校讐、考證、訓詁，簿錄彙萃之，所得各發解題。其標讀書之脈絡也歟。世之欲藏書讀書者，苟循是而求焉，不事半功倍歟。然則此一目也，豈非插架所不可無，而子樂爲之序者哉。予又念抱沖之存，嘗爲《讀書志》，徘徊矜慎，迄未具藁。予擬撷所見諸藏書家菁華匯著一錄，而亦牽率以老，有願莫酬。以視月霄之汗青告成，才何其敏，力何其勤，殆弗可及也已。設使書於月霄不限之以散，而進之以聚，或五六年，或四三年必再續，不一續，不盡泄天地間之秘不止，而豈唯是四十卷哉。此予所以爲月霄序，而含豪掩卷，重爲之三歎也夫。

藝芸書舍宋元本書目序

汪君閬原藏書甚富，取宋本元本别編其目，各成一册，以予於此向嘗究心，出以相示，且屬爲序。夫宋元本之可貴，前人所論綦詳。收藏之家，罔不知寶。而近世稱鑒别精審，網羅廣博者，唯遵王、斧季數子而已。今汪君宿具神解，凡於有板以來，官私刊刻，支流派别，心開目瞭，遇則能名，而又嗜好所至，專壹在兹。仰取俯拾，兼收並蓄，揮斥多金，曾靡厭倦。以故郡中傳流有名秘笈，搜求略徧。遠地聞風，挾册趨門，朝夕相繼。如是累稔，遂獲目中所列宋若干種、元若干種。既精且博，希有大觀。海内好古敏求之士，未能或之先也。汪君之於宋元本，可謂知之深，而愛之篤矣。閒嘗思之，天水、蒙古兩朝，自秘閣興文，以暨家塾、坊場、儒學書院雕鋟印造，四部咸備，往往可考。固無書無地無人不皆宋元本，其距今日遠者，甫八百餘年。近者且不足五百年，而天壤間乃已萬不存一。雖常熟之錢、毛，泰興之季，崑山之徐，尚著於録者，亦十存二三。然則物無不敝，時無不遷，後乎今日之年何窮，而其爲宋元本者，竟將同三代竹簡、六朝油素，名可得而聞，形不可得而見，豈非必然之數哉。然則爲宋元本計，當奈何，曰：「舉斷不可少之書，覆而墨之，勿失其真，是縮今日爲宋元也。是緩千百年爲今日也。幸其間更生同志焉，而所謂宋元本者，或得以相尋而無窮，計無過於此者矣。乃若汪君之於宋元本，其知之也深，其愛之也篤。其欲爲之計者，當必有度越尋常之見，故詳述斯語，用爲序而稔諸。壬午閏月朔書，時將復之揚州，爲洪賓華殿撰校刊《説文繫傳》之前一日也。

石研齋書目序乙丑三月

廣圻今年獲識敦夫先生，入石研齋觀所藏秘笈，并示以新編書目上下二卷。尋覽既周，歎其體製之善也。蓋由宋以降，板刻衆矣。同是一書，用較異本，無弗夐若徑庭者。每見藏書家目録，經某書，史某書云云。而某書之何本，漫爾不可别識。然則某書果爲某書與否，且或有所未確，又烏從論其精觕美惡耶。今先生此目，創爲一格。各以入録之本詳注於下，既使讀者於開卷間目憭心通，而據以考信，遂不啻燭照數計。於是知先生深究《録》、《略》，得其變通。隨事立例，惟精惟當也。特拈出之，書於後，爲將來撰目録之模範焉。若夫收儲之勤，鑒裁之審，以及丹鉛甲乙之妙，江君藩之序悉之矣。

陳寄蟠古甎録序乙酉十二月

甎之興也久矣，而有款識則昉於漢。洪文惠以永平、汝伯寧、曹叔文、謝君、永初五種入於《隸續》，又有北宫衛令邯君等數甎，因篆書不列。近時著録家如嘉定錢氏、大興翁氏、青浦王氏、陽湖孫氏諸書，各就所得，不限篆隸，並載吉金貞石之間。其獨以塼埴文字爲一書者，聞海鹽張氏燕昌嘗從事焉，而未成也。今年予薄游上海，因右白段君識寄蟠陳君，過其所居曰古甓齋。見其堆几積案，是物纍纍，若篆若隸，照耀心目。復出所撰《古甎録》一書相示。自漢元朔至晉隆安，無年月者附末。前舉原文，後係跋語。省覽一過，知其嗜古之篤，討索之勤，故能元元本本，詳哉言之。抑又旁綜昔人著述中涉及此事者，凡范成大、施宿、潛説友、魯應龍之流，單詞隻義，彼剔靡遺。於譚古甎者，幾欲歎觀止，而豈僅收藏之富，鑒賞之精已哉。別後書來言，將授削氏，且屬爲之序。予不能辭，答以宜用精拓墨板，乃不失真。庶乎同癖家置一編，咸若躬親，摩挲古澤，固非寄蟠不能盡善至是矣。前予從常熟蔣大令伯生獲山左新出晉太康九年故掖令高平檀君墓甎，打本一種，郵而貽之，并書於此。既廣異聞，且志墨緣往還之雅云。

彭甘亭全集序甲申九月

詞章之爲道，唯有至性至情者爲之，而後可傳。歷觀往古，靡不若是。求之於今，則吾友彭徵士甘亭其人也。徵士少奇穎，甫出即聲滿名場。迨成老宿，世尤交手推重。累居鉅公幕府，其詩文皆沈博絶麗，見者固以爲金玉淵海，卿雲黼黻矣。抑其於親孝，於弟慈，於伉儷篤，於交遊信。終身韋布，而拳拳世事，有慶也忻，有憂也思。浩瀚千言者，性情之發露者也。驅使萬卷者，性情之摶結者也。有集如此，而焉有不傳。嘉慶丙寅在邗江刊初集，曾命作序。予以君年猶未艾，學方日進，不欲遽爲論定，辭而弗爲。又一週星，丁丑在郡城刊續集。君識益高，不復索人序。道光辛巳改元之歲於其家遇疾，俄卒。時方往來孫古雲襲伯所。古雲既經紀其身後，仍取未刊之稿，同吴江郭麐祥伯定爲遺集詩文各一卷。與先此其弟元培綺塘子長熙壽伯所商搉纂輯詩文集、續集注十六卷，又《懺摩錄》一卷，將合之成全集。後二年，屬予於江寧付雕，且爲之序。古雲之所以謀傳君者至矣。予自識君到今，卅載而近。其間戊辰己巳同校李善注《文選》，壬申、癸酉、甲戌同校胡三省注《通鑑》。兩書獲成，盛行於代，大抵多賴君力。嗚呼！兹乃以溝壑餘生，而荷君後死之責。青簡尚新，斯人不作，豈非大可痛哉！君晚年頗深釋學，純儒每以爲病。予獨謂君一生遭遇，多所失意，非特抱才負器，無分立功。甚至骨肉凋零，親故衰薄，貧賤難居，繼嗣竟乏。方復世機俗態日夕相溷，屈清剛雋上之心胸，爲和光同塵之面目。中有所遇，莫可告語。則其所謂至性至情者，安得不鬱轖沈滯，感慨哀傷，神爲之枯，命爲之損，唯有竺西書宏闊勝大之談，暫一消磨耳。豈等尋常溺惑彼教，卑者徇因果利益，高者如陸法和不睎釋梵天王耶。後世讀君集者，倘能知之。至其鄉里家世，立身本末之略，有松江姚椿春木所作墓志在。

半樹齋文集序丁巳

文之爲道，不尚於能工，而尚於可貴。俗之論者曰：工則貴耳。此甚不知文者也。夫使其文也讀之而無益，雖工奚貴焉。讀之而無益而又有損，則彌工而去可貴者彌遠矣。蓋嘗持是說以求天下之文，而嘆服我友小蓮爲不可及也。小蓮之文，根源經籍，貫通體用。其爲論説也，思深見卓，理勝詞達，讀之可以决是非，定得失。其爲歌詠也，意旨精純，激揚微眇，讀之可以感興性情，扶持名教。舉凡爲文之弊，若華靡無用，詭誕不根，諛佞可鄙，與夫一切淫哇放蕩而至於無忌憚者，皆不能以一語相溷。文之可貴，莫可貴於此矣。是故小蓮誠以工文名者也。特人之名小蓮者，不過即其文之精采，鎔裁聲律章句之類，而以爲工，且未必不因其以爲工也，而欲取彼雖工弗貴，與彌工而彌弗貴者，校一日之利病短長，不知彼之所謂工，具小辨小慧，即無弗能；此則惟天生英才，加之實學者能之耳。故其難易明，而其貴賤自明，其貴賤明而後小蓮之文之工乃益明。或者又謂小蓮年甚少，學甚力，其爲文日進而未有已，夫工文而如小蓮，將來洵不可以限量，而其所以可貴而難能者，即此日實已造乎其極。故敢書所見以爲序，並告天下後世之知文者。

江鄭堂詩序

世之論詩者，以爲有學人之詩，有詩人之詩，此大不然。詩也者，學中之一事。如其不學，無所謂詩矣。是故吾友江君鄭堂，人咸知其爲學人也。而其詩神思雋永，體骨高秀，鎔裁精當，聲律諧美。雖窮老盡氣，期爲詩人者，未見其能臻此也。生平所作極富，散失幾盡。今子某始掇爲二卷。吾觀天下詩人讀鄭堂詩者，曉然曰：「學之所至，詩亦至焉。則詩道其興矣。」敢書斯言以爲序。

春草堂詩題詞丙戌春分前五日

自古絕藝皆一而後精，唯詩亦然。故五言七字爲者甚多，精者甚少。非精之難，一之難也。若夫謝君佩禾之於詩，可謂一矣。客歲識君，知所選有《蘭言集》，所作有《春草堂稿》。蓋其爲人也，豈特行立坐卧，念念在在，無非詩者。抑且交際酬應，途旅跋涉，人物也，山水也，皆君詩料而已矣。懽欣也，愁戚也，皆君詩情而已矣。一於詩，乃至如是。然則何怪其精，而又精靡有止境也。僕少學詞賦，略得通解。未逮名家，遷攻他業。中年碌碌，盡忘所能。君乃欲引而近之，與譚此事，實滋恧焉，無已，請取君所以獨精之故，揭而著之於卷。君方將壯遊楚粤，或值有一於詩類君者，則相視莫逆之下，其諸必以僕爲知言也歟。

何寓庸所作顧君步巖小傳後序

家南雅編修蒓遺書及何寓庸堂所作《顧君步巖小傳》於予。君，編修之祖也。書云：「當日是傳，於我祖藏書言之尚略，此外今世人罕知者。思别爲文，庶有以傳焉。是唯子能，故相屬。」予謂寓庸是傳，固將以傳君者也。其言藏書限於邊幅，容有所未盡，而亦具見大意，其殆可以傳君矣乎。雖然，君實自有其可傳者。吾徵諸所聞，則長洲張先生思孝每稱近世藏書，當數義門爲吾郡一宗。又稱君部録之學，深造義門堂奥。有類繼别，考鑒密而包羅廣，出同時諸家上。先生則編修暨予所師事中吴之獻也，君之可傳洵已。抑徵諸所見，君歿已久。家經中落，書因佚出。前卅年許，吾從兄之逵頗收得。其間若宋元刻若影寫，若名鈔，咸精確秘善，無一俗本。大抵常熟毛、錢，泰興季，崑山徐著録之物，或更有出其外者。然則不啻與之上下，而君之可傳又如是矣。且夫君之藏書可傳，而君藏書之心尤不可不傳。蓋藏書也者，或公其書於天下，或私其書於一己。出彼入此，唯其心之所爲而已矣。公書於天下者，無所爲而爲之，懼往蹟之微絕也，閔承習之駁舛也，收拾欲墜，護持僅存。夫勘譌可資，起廢翳賴，所謂守先以待後焉耳。凡厥所以爲心，將不獨有益於書，而皆有益於書者也。故曰：「不可不傳也。」苟反是而私書於一己，鄙者規爲利，夸者規爲名，各就所主而極其弊。凡厥所以用心，皆不至有損於書不止，而尚焉用傳爲？試舉是傳言君所以謀古人之不朽，而斥小夫之矜炫者觀焉。犖犖數語，其公書於天下之心較然明白，則君之有益於書，從可識矣。豈非不可不傳哉。吾特引而伸之，揭君此心於千百世，斷乎不隨插架聚散存亡。且凡聞君之風者，其心公，俾之有所效法。若其心私，幸或萬一憬然知變也，而君之有益於書乃無窮矣。豈非不可不傳哉。至於君身後迄今，誠世人罕知，是則此心之不事矜炫使然，所謂有若無，實若虛焉耳。彼世人其何能知之，其又何能知君之可傳如是，君之不可不傳如是也。然予亦奚敢謂能傳君也。生平所持是曰是，非曰非，既不諧世人所樂聞，使復持藏書之說，從原伯魯輩強聒，將不免未脫諸口懸見排蹙也。然則予今日正恐不能以其言自傳，又安能以其言傳人，而敢謂能傳君哉。遲回久之，序其言於後，以復編修其尚有望於世人知之者，君之不可不傳也。其不終望於世人知之者，君之無待世人，自有其可傳也。

附　顧君步巖小傳

何　堂寓庸

君諱階升，字步巖。先世自南京徙蘇郡，祖若父皆以忠厚起其家。家故素封，然君之自奉如常人，能屏絕紈袴侈汰習，而於族黨親故鄰里間遇有婚喪貧不能舉者，必周恤之，無德色。以故閭黨中無不稱爲長者。宗中多貴仕，君獨恬然無所慕。性疎達，絕不問家人生產。惟以圖籍法書名畫自娱樂。書齋之内，縹緗插架者萬餘卷，遇一編，實能挹其精華，並識其刊刻、鈔録、收藏所自。几案羅列古研、尊彝、茶甌、酒碗，無一而爲近今物也。余與君居相近，交最久，一歲中步屧恆相過從。余每至君齋，君必出其銘心絕品者相商榷。焚香瀹茗，輒爲移日。賈客挾册至門者，君爲審真贋，品高下，判若黑白，無不相顧愕眙以去。和叔陳君病《宋史》之繁蹐，而臨川舊本及祥符王損仲藁本皆不傳也，欲重删修以成一家言，而苦考證之書不具備。知君之藏書富也，商於余。余言於君，君曰：「古人之書，即古人之心思精神所寄也。幸其書猶有存者，而後人得資考訂焉，即古人亦藉以不朽。余有書，恨不能徧讀耳。得陳君讀之，而吾書不爲徒具矣。蓄秘籍而沾沾自喜，徒以資其矜炫之具，不肯稍爲通假者，余弗爲也。」乃按其目所徵求者，悉舉畀之。故陳君之史，得君之助者爲多。其通懷樂易如此。體素頎碩無病，年五十，忽患痰厥。來年八月遂以死。其世系及君之行身大致，則有譜牒及子馩應麟之行狀在。

系曰：傳也者，傳也。欲傳其人，必舉其人性情顔面而傳之。今顧君之性情顔面，宛乎在吾目也。良朋逝矣，爲之傳，庶異日讀之，如接君之謦欬焉。

序七

詞學叢書序己丑十月

江都秦太史敦甫先生前後開雕曾慥《樂府雅詞》、張炎《詞源》、鳳林書院元《草堂詩餘》、緑斐軒《詞林韻釋》、趙開禮《陽春白雪》，皆罕見秘册也。兹彙成一集，名之曰《詞學叢書》，而屬予以序。序曰：詞而言學，何也？蓋天下有一事，即有一學，何獨至於詞而無之。其在宋元，如日之升，海内咸覩，夫人而知是有學也。明三百年，其晦矣乎。學固自存，人之詞莫肯講求耳。迨竹垞諸人出於前，樊榭一輩踵於後，則能講求矣。然未嘗揭學之一言以正告天下，若尚有明而未融者，此太史所以大書特書，而亟亟不欲緩者歟。吾見是書之行也，填詞者得之，循其名，思其義，於《詞源》可以得七宫十二調，聲律一定之學；於《韻釋》可以得清濁部類，分合配隸之學；於《雅詞》等可以博觀體製，深尋旨趣，得自來傳作無一字一句任意輕下之學。繼自今將復夫人而知有詞即有學，無學且無詞，而太史之爲功於詞者，非淺鮮矣。其言叢書，何也？蓋叢聚之書也。夫言乎其歸宿，則同一詞學，言乎其詞學之所從得，則凡如前後開雕而叢聚者，舉不可偏廢也。抑鄙人向辱歙鮑丈渌飲下交，見其亦喜傳刻詞林罕見秘册。如《樂府補題》、《碧鷄漫志》、《蘋洲漁笛譜》之屬，表章詞學，於太史所好最爲近之；又有善本宋元人詞集百十種，遠出汲古毛氏上，藏於家。石研齋既嘗獲其副，太史必能討論編定；他日合而釐次爲若干集，可付殺青。庶幾詞學益顯，且永永不絶，則叢書也而全書矣。遂并序而志之。

嚴小秋詞序

嚴君小秋以道光丙戌之冬，還自淮上，路由邗江，過予寓齋，相勞苦外，舉所刻詞，屬爲之序。蓋與小秋別者，閲十有餘稔矣。非但予之羈孱傭書，頽庸日甚，而小秋亦緣奔馳筆墨，既煩且倦，視前此意興殊覺其減也。予因追思嘉慶辛未洎甲戌之間，陽湖孫伯淵先生解組東省，卜居白門。招予至止，下榻見客，凡一時名流從先生遊者，恒辱下交及之。小秋多所能，尤長於詞，爲先生激賞。而予所獲識之一也。先生本於詞章考訂，兼收並蓄。而小秋絶不以考訂外予，且頗許予爲知詞章，引而近之。每於城北城南，選勝邀朋，置酒高會，烹荈清譚，接茵連襼，無虚旬朔，習之如常，豈曾計此境之爲難值哉。俄爾戊寅之春，先生驟歸道山。予旋多所轉徙，迨前歲甲申，乃重至白下。維時小秋橐硯他出，悵未得見，獨由夏徂秋，三過向所居停之冶城山館。於存問先生郎君之餘，徘徊循覽，憑弔係之，思欲填長調一闋，以致兹懷，而唱予和女。星散雨絶，逡巡中輟。嗟乎！斯人固不可復作。即曩之盛事美談，往往猶在予與小秋目前意中者，亦皆隨先生以去。於是歎天下萬類，無一足恃。苟經變滅，莫能索陳迹於無何有之鄉。其有區區不共大化遷流者，庶幾性靈所寄之語言文字而已矣。此則小秋之詞所以不可不刻，而予之今日所以不可不爲小秋之詞序也。若夫詞之工妙，穀人祭酒、山尊學士以下諸序俱能言之，故不復述云。

吴中七家詞序 壬午穀雨後五日

詞始於唐，盛於五代宋元，衰於明。蓋明人於此，大抵不過强作解事。而二百餘年，幾失其傳。逮我朝乃有起而振之者。前若浙西，後則琴話，卓犖諸君，駸駸乎步武玉田、艸窗之後，以繼其薪火。而近日吾吴七家亦其選也。七家者，爲戈子順卿、沈子蘭如、朱子酉生、陳子小松、吴子清如、沈子閏生、王子井叔。英年隨肩，妙才把臂。生同里閈，長共筆硯。凡於詩、古文詞罔不互相切劘，必詣最勝。其論詞之指，則首嚴於律，次辨於韻。然後選字練句，遣意命言從之。聞諸子嘗盡取凡有詞以來專集若干，類選若干，旁及乎散見小説筆記者又若干，博考精究，以求夫律之出入，韻之分合，以暨其字、其句、其意、其言，如是者得之，如是者失之。權衡矩矱，於斯大備，輕重方圓，未之或差。是故諸子之詞，平奇濃淡，各擅所長，而無一字無來歷，則七家未有不同也。今將合刊出以問世，過辱以卑耳之馬推予，屬之以序。予與諸子，往多世交之雅。東西奔走，接跡稍疎。昨暫返里，相與譚讌，間及倚聲。予因舉「鴛鴦繡出從君看，不把金針度與人」，以爲詞有字焉、句焉、意焉、言焉，所謂「繡鴛鴦」也。而所謂「金針」者，其在律與韻乎。是故名家之詞，試執律韻以相繩，則斤斤然弗敢踰絫黍。而置而讀之，但覺其字句意言之足以妙天下，殆若握管而填，緣手而成，初不知何爲律何爲韻也者。譬猶善歌者，聲聲歸宫，字字入調，使人移情而莫尋其分刌節度之迹也。詞非若此，固不足稱一時之盛。唯若此，則鴛鴦方出，而金針爰謝。柰人之有從看而無度與何。予故弗惜饒舌，拈而出之，曰：　此實唐宋到今一線孤傳之金針也。諸子度得之矣，曷不更以與天下之思度者。是爲序。

戈順卿填詞圖序丙戌孟夏上旬

昔陳其年爲《填詞圖》，今戈子順卿亦爲《填詞圖》，將毋同乎？曰：否！其年之詞，貌爲蘇、辛，逞其才氣，奔放不拘，足以驚凡目而不足以饜知音。順卿之詞於兩宋諸家皆有得力，而斂才就法，選韻最嚴，審調最確。乍觀如平易，三復之精密逾見。詞既不同，圖自因之而異矣。殆古人所言「同而異」之謂歟？唯是其年朋遊一時，名士咸爲之題，具見各集。順卿亦將徧索宇内操翰家，雖題不限詞，而仍以詞爲主。此一事則從同同焉耳。以僕忝世交之素，首先下問。僕久廢倚聲，心源若塞。十日而不成章，又迫有渡江之役，乃走筆直書而爲此序。且欲與題者約，必無犯前此題其年圖一意一語，乃始可云《題順卿填詞圖》，乃始可與題其年圖若金風亭長者，異曲而同工。計凡深於兹道定當能。然則將來論先後填詞圖者，又有此一事，可謂之異而同也已。

詞林正韻序

吾友戈小蓮有才子曰順卿，詞章學問，稟受趨庭，具傳家法。更於填詞一事，引而申之，講求積年，遂多神悟。每聞其言云，詞之大要有二：曰律，曰韻。病夫率爾倚聲者，都不以此爲事，於是欲起而救正之，各著一書。論韻者先成，寫以示予。發凡舉例，詳哉言之，皆探索於兩宋名公周、柳、姜、張等集，以抉其閫奥。包孕宏富，剖斷精微，可謂心能通其故，筆能暢其説者也。此書既出，非特從前詞韻各種之雲霧曠然盡掃，將見而今而後，庶無落韻之詞已。予向者治經餘暇，亦復涉獵於此。間嘗思之，詞之有韻與律，殆猶庖者之杝其籩豆，縫人之製其裳衣，皆自有所謂一定不易。必不至糅飯於肴，紉領於袂也。萬一或然焉，則三尺豎子，鮮不瞥見而即能爲之更正其失，况握管填詞，往往列在名人才士，豈其知反出若輩下哉。何乃遵循矩矱，屈指無幾，承譌襲舛，若是之踵相接也。蓋其初以學爲苦，以問爲恥。久之遂流入於强不知以爲知，而莫克自反。凡事類然，斯其一耳。夫人難與慮始，可與樂成。前此之罔識，適從勿論已。今幸而分者合者，所寬所嚴，某部某字，釐然在目。取而用之，可以坐收不勞之獲。明於計者，自必翻然。吾知世豈乏護前者，亦當不敵遷善之衆也。順卿此舉有功於詞，洵不細矣。其論律之善，略已具槀，能發前人所未發。功可與論韻埒。二書間或互相證明，合而行之，詞林指南於是乎備。他日者編定見示，不佞必又擊節賞歎曰："正如某腹中所欲言一同。"今日也雖老矣，尚願得而序之。

四春詞序 丙子立秋後一日

昔王子安自序其《春思賦》，以爲雖弱植一介，窮途千里，未嘗下情於公侯，屈色於流俗。其言壯矣。然其賦之歸宿，特在於長卿未達終希達，曲逆長貧豈剩貧。抑何鄙與。夫春之感人則一，而人之感春相萬。今者諸君子懷美材，居樂地，翫淑景，摛妙詞。雍容鼓吹，盈耳饜心。洵知同所謂不能忘情於春，而其中乃大不同矣。若僕者，少慕竹林之遺風，長悟漆園之微指。等人之榮利如糠粃，視己之死生猶旦暮。每當日月逝而可驚，髮齒催而足痛。亦復塊然置之，漠然遇之。况其餘哉。仍不辭握管引首者，近有取於子安彼序「春之所及遠矣，春之所感深矣」二語。歎夫人即忘情於春，而不能令春之所及所感，獨見異此忘情之人也。用以諗於諸君子。

西園感舊圖序

吴山尊學士以詞賦書法，歷名場，入翰苑，交徧天下。迨其退歸，終作寓公於邗江之西園。屨恒滿户外。維時延崑來費君佐筆墨，君英年妙才，勤心精力，復嗜學好問。暇時輒從客譚藝，益相得甚懽。十年許如一日也。辛巳秋初，山翁一病驟逝，君留西園經紀喪事而後去。閲二載，作此感舊之圖持示不佞，謂獨不佞宜知圖意，請爲之序。於是不佞徘徊動色久之，歎君之篤於朋友也。今夫人非聖人，則純駮何能不相參。而人之論山翁也，毁譽尤爲失其實。故今日之言西園，無論江湖遊士，在昔未爲山翁周旋者，乘間造謗，憎人及屋。聊用西園一逞其志，誠常人之常態。甚至有握齱小夫，素賴生成，逮死尚飽其餘蔭。彼縱不識西園爲西州，復奚忍深没其善，專事反唇，唯恐不至耶？試較君之館於山翁，不過自食其力，曾無豪末涉干謁私黨。使其視西園也，獨來獨往，勿問蓬户朱門，均等諸逆旅過客，亦殊弗負淡如水之初心，於虹橋一灣，差無慚色也。而乃用情特厚，不隔死生，勤勤拳拳，有加靡已。既圖之，又欲序之。嗟乎！君之篤於朋友何如哉。不佞始識山翁在吴下，嘉慶初年也。洎甲戌丙子際，同孫觀察伯淵先生在揚蹤跡彌稔。戊寅之春山翁遂見招，料理觀察遺書殘稿。屢移所住，最後即近西園側之斗母道宫，累數晨夕。明年秋中事竣而還，其間議論不盡合山翁意指。然山翁仍優容禮貌焉。且比其退，未嘗不對西園中諸君稱道之。其最難得者有一語，曰：「顧千翁從不欺人。」則諸君每述不置者也。言猶在耳，人竟云亡，是可感也已。爰併序而附此以傳。嗚呼！使山翁之靈光不泯，將往來於西園如舊也，必知此圖此序，其自爲感也當更何如也哉。

閉門研思圖序

天下之大，人士之多，爲之甲若乙，難哉。雖然，科目之設，比及是年而其人出矣。若夫求一卓然著述爲天下後世所必不可少，通上下若干年，出不出未有數也。今夫人士之沈溺於曉夜揣摩，自冀一旦苟且，弋有司而獲，以逞其妻妾子孫之計，身心玩好之欲者，十之八九。其或幸或不幸有異，而不知天地間何者爲著述則同也。下者習爲鄙近之詩古文詞，用投流俗嗜好，博富貴人俳優蓄之，而丐其餘潤，飾衣裘輿馬，持粱齧肥，儚儚洄洄者，十之一二。彼乃偶聞從古有著述一事，方且目笑而心非之者也。又其甚者，本非著述之才，亦無著述之志。瞰當代二三大人先生宏獎之隙，翻然以此事自居。道聽涂説，不知而作，唯其速化而示人以多，如七八之間雨集，溝澮皆盈。以投葉公之好者，固如燥濕之值乃性；即以投好真龍者，亦得承其見，似人而喜之眄睞。於是沽名邀利，無往不諧。此其人蓋亦不甚多有，而其於著述也，若苗之有莠。吾觀其内名若利憧憧往來，玆事借題耳。古人來者，不啻秦視越之肥瘠。言，心聲也。支離曼延之文飾，適形其惟庸故妄矣。吾觀其外趨奔干謁於致名若利者，惟日不足。倘與以寂寂寥寥之居，奚能一朝恬處。即使萬不得已，老死跧伏，終復志在鑽媒刺獻，呻其佔畢之下〔五〕，有車輪罔休者矣。然則著述云著述云者，必反乎此，可知矣。今將安歸？其歸之我小蓮之閉門研思也。客有問予者，曰：「吾聞小蓮束髮時，有意於致君澤民，不屑言著述。壯而多病，絶跡仕進。每脩身養性，不肯言著述。平日喜討論輿地沿革，往往優遊於所得，不欲言著述。近之以閉門研思，自爲圖也。度不過寄一時清興耳。子又何言若是，且豈暇與不閉門不研思者相别白？子何言若是？」予聞之而不答。客又曰：「人情之變幻也，苟有大人先生焉，如子之言於閉門研思者，將貴之重之，必且更爲假托之，以相嘗試。彼其工於詐欺，殆亦猶西域之伎，黎邱之鬼，非可以究竟窮詰。子又將何言予？」乃謂之曰：「此非客所知也。客盍承我小蓮下風，久而久之，當必怳然有悟於吾今所言。著述之人何者則謂之出；何者則謂之不出，而不吾問。」遂書之圖以爲序。

壞室讀書圖序

凌君曉樓自粤歸，出《壞室讀書圖》相示。夫曉樓爲漢學者也，亦聞漢學、宋學與俗學之所以異乎。予嘗反覆尋求，閲歷數十年，而後得請以三言蔽之曰：漢學者，正心誠意，而讀書者是也。宋學者，正心誠意而往往不讀書者是也。俗學者，不正心誠意，而尚讀書者是也。是故漢人未嘗無俗學，宋人未嘗無漢學也。論學之分，不出斯三塗而已矣。今曉樓既以讀書揭其圖，又方爲漢學，則其讀書也，殆必有當於吾所謂正心誠意者矣。壞室雖小，其將志大宇宙哉。至於今日，俗學則歧之中又有歧焉。本不正心誠意，且不讀書，徒盜讀書之虚聲，詅漢學之借號，以作投時之捷徑。蓋因一二有力無識者提喝於前，遂致千百嵬瑣闒茸者邪許於後。侏張誕漫，莫可窮詰，其實不過西域幻人，黎邱奇鬼，並無所謂學，又焉有漢？吾知曉樓遊行天下，多遇此輩者，其唾而弃之也久矣。弗足爲曉樓陳。猶牽連著及，欲使後世觀圖，將恍然遌然曰：壞室中若人，乃真爲漢學者也。

老復丁庵圖序 丁亥十月

郭君祥伯以六十之歲名其庵曰老復丁，自爲之記，又畫圖索知交題咏焉。其記專以自策勵爲主，而歌詩盈卷，則大率推本史游長樂無極相頌禱也。於是予讀之而言之曰：此固郭君之實事，而不僅策勵頌禱之謂也。今夫人生自少而壯，自壯而老，其變遷之故徒以血氣盛衰之所使然耳。於是乃有不爲所使之人,獨能以神明使其血氣既有以持其盛,又有以持其衰。雖其老也,亦奚殊於少壯哉? 且吾聞之,惟一藝之絶至者,類能既老而不衰,蓋其精神命脈之所在,豈同髮齒筋力之與年運而往耶? 況夫讀書學道而絶至者,又豈止區區一藝之所得耶? 夫吾之始識祥伯也,在嘉慶辛酉之歲,迨今二十有七載矣。近則屢相聚於廣陵。回視西湖,彼時其意氣高邁,標格遒上,殆如昨日。論文賦詩,與年俱進,有漸細之律,無可盡之才。他人少且壯者,往往望而卻避,既老而不衰也如是。即以其所自策勵者觀之,其爲莊敬日强,異於疲薾頹放者流遠甚。吾故曰,老復丁者,固君之實事也夫。然而能以神明使其血氣如郭君者,誠不待有還年之方,駐景之術,而自如是。吾用是推之,知君之從此至於耄期,其彌老而彌復丁者,當皆如是也。然則長樂無極之頌禱乃非虚詞而仍實事也。故爲之引申其説以書圖後,並即以爲君壽。

百花庵圖序

西百花巷中有百花庵,岩壑窈窕,卉木軿羅,堂宇軒爽,窗案明淨,是爲王君月鉏所築,而醉花主人則其自號也。主人性愛花,又雅善飲酒,喜與一時名流勝士游。良辰美景,花香酒熟,開尊速客,樂飲盡歡於是庵者如是有年矣。爰記之以圖。今夫吾人生世,使養生之外,有園可游,有花可玩,坐上有客,尊中有酒,陶然竟醉,無問其他,誠天以奇福與之也。力能辦此之人,計亦非尠,然而風雅好事,足消奇福之目,求諸今曰,殆如星鳳。無他,非與之難,而受之難也。故握鯫小夫,豈乏坐擁林亭者,而錮勝絶賓,或没齒未嘗設茶具，甚則騖利馳名，扃塵鑰鏞，徒視牙籌爲身心，等手板於性命，遑問花開花謝，有酒無酒哉。乃主人所爲反是，殆不肯自薄，以毋負天之厚與。可謂倜然遠矣。僕家靡宿舂，而神希天游。他日當置飢驅，獲暇晷，屆庵相見，爲主人考酒經，訂花譜，且共生平二三朋游引滿大釂，修皇甫子奇醉卿故事，其諸如著我於圖中也。是爲序。

題跋一

合刻儀禮注疏跋丙寅

或問居士曰：「汲古毛氏刻《十三經》，凡十數年而始成。而居士云非善本也，古餘先生合刻《儀禮注疏》乃一大經而難讀者，僅改歲而成。而居士云：本莫善矣，何謂也？」居士笑曰：「吾語汝乎。夫毛氏仍萬曆監刻而已，此其所以不能善也。古餘先生以宋本易之，而精校焉，熟讎焉，此其所以善也。且其所以善，先生自序固略言之。曷不姑就所言，取此五十卷者，并世所行者，而讀之乎？苟不能讀也，抑讀之而猶不能知也，則亦可以無與於論《儀禮》矣。若夫刊刻歲月，則遲而善可也，速而善亦無不可也。又豈深識者所當計耶。」問者不得居士之指而罷。遂舉以書於後。

禮記考異跋

顔黄門有言：校定書籍亦何容易。自揚雄、劉向方稱此職耳。蓋以校書之弊有二，一則性庸識闇，强預此事。本未窺述作大意，道聽而塗説，下筆不休，徒增蕪累。一則才高意廣，易言此事，凡遇其所未通，必更張以從我。時時有失，遂成瘡痏。二者殊塗，至於誣古人、惑來者，同歸而已矣。廣圻竊不自量，思救其弊，每言書必以不校校之，毋改易其本來不校之謂也，能知其是非得失之所以然，校之之謂也。今古餘先生重刻宋撫本《禮記》，悉依元書，而别撰《考異》以論其是非得失，可云實獲我心者也。觀乎《考異》之爲書，舉例也簡，持論也平，斷決也精，引類也富。大抵有發疑正讀之功，無蘦絲牛毛之苦。去鑿空騰説之損，收實事求是之益。豈但有功于此書也哉。夫固使弊于校者，箴其膏肓，而起其廢疾矣。是爲跋。

重刻吴元恭本爾雅跋丙寅

經典舊本，類就湮没，良由樸學，故艱於傳刻耳。此明嘉靖時《爾雅》，世已不多見。蒙實病焉，乃重刊之。其本審知原出宋槧，足訂正俗本譌脱。今不具論，以讀者當自得之矣。

題鈔本集古文韻 癸未

柯溪居士得夏竦《集古文韻》鈔本，首有紹興乙丑齊安郡守晉陵許端夫序。以其與乾隆間歙人汪啟淑刻本夐乎不同，屬予審定。予案英公此書，從前甚秘。近因汪刻，遂得頗行。汪所據者，影寫北宋本也。而此乃南宋本，未經重刊，故見者絶少。唯全謝山從天一閣借鈔，曾有題跋。觀許序，知其正合。柯溪家山陰，與鄞鄰近，殆同出一源耶。夫書之爲物至多，人生讀之難遍。以謝山之博覽而弗知北宋本之尚存，如僕者雖知别有南宋本，而垂老始獲一見於柯溪之得。然則目録之學，亦豈易言哉。范氏原本已散落，新編目無之。吾更願柯溪善爲什襲，勿輕借人也。

雲間志跋 甲戌

往者吾友袁君廷壽有鈔書癖，與盧學士文弨、錢少詹大昕諸先生往還，每聞秘册，必請傳其副。間邀予過五硯樓品題商榷，以爲樂事。憶初鈔得是書相示時，予謂之云：「元徐碩《至元嘉禾志》每條下所繫考證，以典核稱。而華亭一縣之考證，乃全取楊潛語，惜未有能爲之表徵者耳。」今倏忽十有餘年，其本遂爲沈屺雲司馬收得，偕孫伯淵觀察刊行。昔賢慧命，賴以不墜，豈非二三好古君子心力之所爲哉。故輒記緣起，以附於後。

題跋二

宋本淮南鴻烈解跋

汪君閬源收藏宋本《淮南子》，予既屬傳其副，又獲借其真。手勘累旬，略得其就緒，遂書其後曰：此於今日爲最善之本矣。如第一卷「欲宊之心亡於中」，「宊」未誤爲「寅」也。第三卷「積陰之寒氣者爲水」，未删去「者」字也。「十二月指子」，「子」未誤爲「丑」也。第四卷「決眦」，「眦」未誤爲「胔」也。「寒冰之所積也」，「冰」未誤爲「水」也。「牡土之氣」，「牡」未誤爲「壯」也。第五卷「以索姦人」，「索」未誤爲「塞」也。第七卷「則是合而生時于心也」，「于」未誤爲「干」也。「輕舉獨往」，「往」未誤爲「任」也。第八卷「太清之治也」，「治」未誤爲「始」也。第九卷「采椽不斲」，「斲」未誤爲「斷」也。「夫據榦而窺井底」，「榦」未誤爲「除」也。「而不足者逮於用」，「逮」未誤爲「建」也。「知饒饉有餘不足之數」，「饒」未誤爲「饑」也。第十卷「故君子懼失義」，「義」上未衍「仁」字也。第十一卷「故不爲三年之喪」，注：「三年之喪始於武王」，注中「始」字未誤入正文末也。「而刀如新剖硎」，「硎」字未分爲「刑石」二字而誤入注中也。「處勢然也」，「勢」未誤爲「世」也。「是由發其原」，「是由」未誤倒爲「由是」也。第十二卷「石乞入曰」，注：石乞，白公之黨也。「乞」俱未誤爲「乙」也。「在其内而忘其外」，在下未脱「其」字也。「楚軍恐取吾頭」，「軍」未誤爲「君」也。「瞋目教然」，「瞋」未誤爲「瞑」也。第十六卷「夜之不能脩於歲也」,「於」未誤爲「其」也。故寒者顫者,字未脱也。第十七卷「罾者舉之」,「罾」未誤爲「罡」也。「不若尋常之纆索」,注「故曰不如尋常之纆索」,「纆」俱未誤爲「纏」也。「或善爲故」,「善」未誤爲「惡」也。「賊心亡止」,「亡止」二字未誤合爲「忘」一字也。第十八卷「無爲貴智」,「智」下未衍「伯」字也。「今君欲爲霸王者也」,「君」未誤爲「王」也。「聖人見之蚤」,「蚤」未誤爲「密」也。第十九卷「欣若七日不食」,「若」未誤爲「然」也。「元不憛悇癢心」,「憛」未誤爲「憚」也。第二十卷「雨露所濡以生萬物」,「濡以」未誤倒爲「以濡」也。「與鬼神合靈」,「與」字未脱也。「而卵剖於陵」,「剖」未誤爲「割」也。「挺貿而朝天下」,「貿」未誤爲「肳」也。第二十一卷「禹身執虆臿」,「臿」未誤爲「垂」也。若夫注文足以正各本之誤者,尤難以枚舉,茲不及論也。

衢本郡齋讀書志考辨跋己丑

衢本《郡齋讀書志》二十卷,姚應績編,世所罕見。乾隆末年,我友瞿君木夫收得舊鈔本,予從之寫其副,藏諸篋中,未嘗示人。其木夫本旋經黄丕烈借去,迨嘉慶己卯,爲汪君閬原付梓。乃有嘉興李富孫跋,謂以予所鈔屬伊校,不審黄李孰爲此言也。梓成印行,爰發向所鈔一讀,覺小學類中有不可通者。再四尋繹,方知當畫分六段,自第二段以下皆鈔本錯簡也。第一段起《爾雅》第一。至《方言》第六。第二段起《説文解字》第七。至《經典釋文》,第十三。第三段起《干禄字書》,第十四。至《臨池妙訣》,第十九。第四段起右未詳撰人，云云，上接《臨池妙訣》三卷一行之下，合之爲第十九。至《類篇》第廿四。第五段起《集韻》，第廿五。至《唐氏字説解》，第卅。第六段起右皇朝唐耜撰云云，上接唐氏《字説解》一百二十卷一行之下，合之爲第卅。至《切韻指元論》、《四聲等第圖》，第卅九而卷終焉。依此移轉，庶幾行所無事，而部居時代各得其所，否則可尋之迹遽泯矣。然而成事不説也。今年木夫枉過敝居，見示《衢志考辨》一册，論袁本之失，明衢本之善。精細詳備，誠不可不與本書並行者也。因憶管見，附著於尾，既以奉質，仍望教我。

書尚書撰異君奭後 丁卯

《尚書撰異·君奭》「在讓後人于丕時，嗚呼〔六〕」，盧氏文弨及某人據《正義》云「周公言而歎曰」，補「公曰」二字於「嗚呼」上〔七〕。按：此盧氏誤於某人之妄説，而《撰異》又誤采之也。考本篇，「嗚呼」字凡四見，「嗚呼君已」一也，「公曰嗚呼，君肆其監於兹」二也。「嗚呼，篤棐時二人」三也。「公曰嗚呼，君，惟乃知民德」四也。四者之中，有「公曰」者二，無「公曰」者亦二。《正義》於二有「公曰」者，同云「周公歎而呼召公曰嗚呼君」，此釋有「公曰」之例也。於「嗚呼君已」云周公又歎而呼召公曰嗚呼君已，加一「又」字，蒙上經立文而其釋異矣。於此經「嗚呼」云周公言而歎曰嗚呼，言而也者，亦蒙上經立文，而其釋又異矣。此釋無「公曰」而一呼君，一不呼君之例也。《正義》此經苟有「公曰」，準「公曰嗚呼君」之例，必當云周公歎而曰嗚呼，必不當云周公言而歎曰也。細讀《正義》，截然分明，安得如某人所説耶？

且其所説於《正義》果何據也，若據有「曰」字，則「嗚呼君已」，《正義》亦有「曰」字，亦并應補「公曰」乎？若據有「言」字，則本篇「今在予小子旦」上並無「公曰」。《正義》於此分節，以「周公言我」云云釋之，將又何説也。須知此一經，自「公曰君告女朕允」以下，以「予惟曰襄我二人」及「言曰在時二人」，及「惟我二人弗戡」及「嗚呼，篤棐時二人」，一氣承接，其不容横加「公曰」於中間，斷可知者。某人無足道，吾恐其爲《撰異》，累或且爲經累，遂不辭爲之辨如此。

書毛詩故訓傳定本後

《玉篇》：「頎，渠衣切。《詩》云：『碩人其頎。』《傳》：『頎，長貌。』又頎頎然佳也。」此爲黄門元本。一誤而爲「碩人頎頎《傳》：『頎，長貌。』」蓋「其頎」涉下，而譌成「頎頎」而已。再誤而改「頎」上字爲「其」者，錯剜「頎，長貌」之「頎」，又譌「其」成「具」，凡此致誤之由，顯可尋究。讀者喜新尚異，於是臧琳撰《經義雜記》乃據今日最誤之《玉篇》，以爲「據鄭箋，知《詩》「頎」字本重文。六朝時猶未誤，故顧黄門據之」。不思經文「頎」自一字，箋「頎頎然」自重字，即箋「明星有爛」爲「爛爛然」之例，豈可以證成誤本《玉篇》，爲自箋《詩》至六朝時如此耶？段氏既因予駮之，知改經文之繆而不從，然又添改《傳》之「頎長貌」爲「頎頎具長貌」，云依《玉篇》以「頎頎」歸之《傳》。固有重字之例也。「俱」、「具」字爲「其」字之譌舛顛倒，則《玉篇》尚在，恐《傳》文亦未容改也。

「頍弁」，《傳》：「霰，暴雪也。」並無誤，暴雪猶暴雨也。段云暴必是譌字，當作黍，則誤矣。《説文》云「霰，稷雪也」未見所出。段喜紐合附會，因云然耳。其注《説文》亦載此説，轉轉滋謬甚矣。又欲改《爾雅》注「消雪」爲「屑雪」，尤屬杜撰。

書段氏注説文後

《漢書・藝文志》：「古者八歲入小學，故周官保氏掌教國子，教之六書。謂象形、象事、象意、象聲、轉注、假借，造字之本也。」「造字之本」一語，必自來小學家師師相傳，以至劉歆之舊説，而班書承之，斷無可易者也。近段茂堂注《説文》，則欲易之。其易之之説，主戴東原《答江慎修書》，謂指事、象形、形聲、會意四者，字之體；轉注、假借二者，字之用。又推廣其言，詆班此説，實爲巨謬。且以爲許説迥異於班，予見其皆大不然也。夫許與班同引保氏而説之，則班略許詳。「造字之本」一語，是其略也。「一曰指事，視而可識」，以下是其詳也，惡覩所謂迥異者乎？至段氏所易之説，初無當於保氏。何則？保氏六藝，餘九數等，未見有分體用者也。何以六書乃獨分乎？其無當固顯然矣。鄭司農之注云：「六書，象形、會意、轉注、處事、假借、諧聲也。」六者平列，轉注、假借二者交錯於四者之間，其不分體用，亦已顯然。其必與班、許同，以此爲造字之本，更何待言？安得獨詆班以實爲巨謬乎？故曰皆大不然也。嗟乎，東原求轉注不得，指訓詁以當之。而體用之説起。茂堂力主體用，而「造字之本」一語，遂蒙詆而遭易。吾慮自來小學家師師相傳之舊説，倘因此而晦，而司農、叔重之同於班説者，永無由明矣。故粗論之如此。

碑　跋

跋石鼓文

太學石鼓磨滅已甚，此舊拓本神采奕奕，深可寶貴。予嘗讀《古文苑》第六鼓文「爲卅里」，「卅」必當釋作三十，「爲卅里」者，《小雅》六月之于三十里也。《豳》詩「作于楚宫」、「作于楚室」，二「于」字，張載《魏都賦》注引作「爲」，或毛詩「于」，三家詩「爲」字歟。鄭注《聘禮記》云：「于讀曰爲法。」《士冠禮》云：「于，猶爲也。」古「于」、「爲」通用。施武子知鄭樵連上文讀蘁爲卅里之非，惜不舉《小雅》成文證之。輒書此以待古餘先生是正。

跋焦山鼎銘

右釋文據《金石文字記》。案此鼎所釋各家不同。近日翁覃溪氏撰爲專書，言之詳矣。「立中庭」之上一字覃溪以爲「内門」二字合寫，非僉字，其説是也。内門即入門。内、入古今字耳。又以右爲左右之右，非佑享之佑。引《禮記》及《周禮注》「史由君右」説之，殊爲未審。何以言之？《禮》文明言「由君右」者，是史與此銘下云「王呼史」始相當，非在入門以前也。蓋此右者導也。見《爾雅·釋詁》，於、侑爲古今字讀，當云「南仲侑世惠入門」。且凡「右」之見於他器者，皆當準此。覃溪承汲郡吕氏跋郱敦之誤。又薛尚功所載諸敦中有一器云：「宰辟父右周立」，「周」者，作敦之人。宰辟父但侑之者耳，乃名之爲宰敦、父敦，亦由不知「右」字之義，故有此誤也。「烈考」上家亭林先生云蝕一字。覃溪云：詳其篆勢，「朕」字也。當存之，以備考。嘉慶甲子三月與袁綬階同遊焦山寺中，拓此以歸。八月索陳曼生畫圖，并裝之入册，而書其後，將以質廉山萬明府云。

跋祀三公山碑

此碑無前人釋文，近大興翁氏《兩漢金石記》、青浦王氏《金石萃編》所載皆不免譌。如第四行□□□□□□□□兩家皆誤釋求作來。□即要字，極明晰。王誤釋作叟。祖，翁誤釋作視。第五行吉下是□字，翁誤釋作与，而王仍之。不知此碑有横畫末向下曳筆，例皆非也。又第三行□下諦觀是□字，次横亦向下曳筆。考章懷注《後漢書·陳忠傳》「隔并屢臻」云謂水旱不節也。故此碑云「蝗旱鬲并」，鬲、隔同字，兩家皆誤釋作我，全失其義，則尤非矣。奠上似是敬字，其左□右□尚可辨識，王闕，翁存上半作，亦非。趙君晉齋分我拓本，藏弆數年，今始一讀，詳書别紙而併裝之。至第五行東下□字翁記所無，計必刊時寫樣失落，未必覃溪家本獨少此字也。

跋元延二年銅尺拓本

古尺流傳於今而爲世所見聞及之者有二：漢尺，建初六年慮俿造者，藏於曲阜公府；晉尺，有款識云：周尺、《漢志》鎦歆銅尺、後漢建武銅尺、晉前尺普同者未知尚存否，而畢良史拓本無恙。亦載於沈彤《果堂集》，固皆以爲絕無而僅有也。近江都秦澹生太史得尺一，其文云：「長安銅尺卌枚第廿，元延二年八月十八日造。」案元延二年爲漢成帝庚戌歲，下距新莽始建國元年歲在己巳，尚有二十年，又下距後漢建武元年歲在乙酉，通前凡卅六年，又下距章帝建初六年歲在辛巳，首尾共九十二年。然則此尺非但古於慮俿尺幾及百載，即使鎦歆、《隋書·律志》云王莽時。建武等尺再出，亦皆造在其後，誠爲希世之寶者也。又案長安縣，京兆尹所治，於成帝時爲京邑，是當日天下行用必皆準此。今較驗拓本慮俿尺及畢良史款識中晉尺制度，長短無少差異，想見成周遺榘，西都猶在，子駿博物，得爲依據，遠逮二千年後，執之以上定周尺，可信其精確而無疑矣。爰詳書之。至於他尺贏縮強弱之數，孔東塘以下各家咸著考辨，分刌略盡，茲不贅述云。

跋重鐫天祿辟邪字

嘉慶癸酉，予作客冶城山館，偶游骨董鋪，獲天祿辟邪字拓本數通，分一贈居停孫淵翁。然考其果屬何刻，則不得也。他日又見其鋪中有明嘉靖七年知南陽府事楊應奎《重鐫漢汝南太守宗資墓前石獸記》

一紙，復買歸。讀之，始知楊守郡於北郭三里許土人所謂漢宗資墓石獸，細尋其字無有，乃以《汝帖》舊文模而鐫之。因言於淵翁，相與恍然。今年長夏無事，偶讀大興翁氏《兩漢金石記》所考，以爲此本州輔墓石獸膊字，王寀《汝帖》誤題宗資，今日所傳，從《汝帖》所摹取。深歎覃溪鑒别甚精，但惜未見楊記文，故不能暢言委曲耳。且宗資墓獸自有刻字，既細尋無之，恐其爲他墓物，而遽信土人語，又不辨王寀誤題，重鐫以實之，則楊之孟浪矣。計楊記刊石必尚在南陽，故舉以爲談古刻者告。

跋蜀師甎文

此蜀師甎文也。按洪文惠《隸續》所載甎文五，其一云「景師造」，蜀師之稱與彼同例，可知也。近世甎文出土甚多，而此出在先。今仍歸揚州小琅嬛仙館，裁以爲硯，旁刻跋語綦詳。唯云揚州當三國時多爲魏據，似有可商。考《宋書·州郡志》，言三國時江淮爲戰爭之地，其間不居者各數百里。又言江都縣三國時廢，則非魏所能據也。魏文黄初六年行幸廣陵故城，臨江觀濤而還。故城謂廢城，僅至便還，非所據抑可證也。吴孫韶曾爲廣陵太守，蓋於丹徒隔江遙領。至五鳳年間孫峻當國時，使衛尉馮朝城廣陵不就，同時拜吴穰爲太守。城既不就，穰亦無從莅治矣。然則廣陵魏吴皆未嘗據，又非遞據而有多寡之可計也。杜氏《通典》言魏以廣陵爲重鎮，當指魏移治淮陰之廣陵而言乃確。吴亦以廣陵爲重鎮，是則孫韶領太守者也。同時各置重鎮，非關實土遞據，故其重鎮終始自若，未嘗遞廢也。然則廣陵實土斷在

《宋志》不居之間，無疑矣。餘山吴君以搨本命題，偶觸所不安，但舊學多所遺忘，行篋且乏書可撿，而就臆説率記於下，以備識者訂而正之。

跋漢永壽楗爲李君摩崖刻字

前者仁和龔定菴孝廉示我此刻並所釋文，閱四年至今，余别得一通打本較善。諦觀知第二行「永」字下「元年」字上爲「壽」字，或釋作「嘉」，非也。漢無永嘉紀年。沖帝自是永憙，史繩祖《學齋佔畢》所言是矣。且此本下半左口右寸固可辨也。第五行「尚」字下「巴」字上爲「苻爾郎」三字，「苻」即「符」，「爾」即「璽」也。漢隸廿、竹多通用，其借「爾」爲「璽」者，與《隸釋》戚伯著碑云「委位捐爾」讀當同。洪文惠未加釋而婁機、劉球更無知。收此字者此本下半不見土字形，或竟釋作璽，亦未是也。余謂取彼互證，正足廣自來言隸體之軼聞，亦殊可喜也。此刻自來未經著錄，昨建寧夏玉甫又告余連收數本，皆新拓，必近日始搜得，而摩崖何地仍未審。余謂王述菴侍郎跋鄐君碑有言，自褒城而西南，凡三百餘里，懸崖絶壁，漢唐題字隱見於叢莽間，連綿不絶。可悟必出棧道中，亦可悟尚不止此。惜邁嗜古深癖若二三同志者一悉心細訪，爲墨林多增勝緣也。

跋新刻漢石經殘字

往者伯淵孫觀察得漢石經《尚書》殘字宋拓本，爲孫北海故物，嘗賦七言古詩一首。又嘗定之爲越州石氏本，作長跋手書後幅，極所珍愛。每置坐臥小室中，間出示人，詫爲銘心絶品。翁學士覃溪亦曾題之，以得時在後，未及載其事於《兩漢金石記》也。嘉慶戊寅春，淵翁化去，聞其家收藏頗有彼時惡客竊去者，厥後又遭何人誑借，失落不少。淵翁之弟相繼俱歿，無從審石經亦在此數否耳。又七年，道光甲申夏，予重至冶城山館訪舊，見其兩少君，大者僅十七歲。偶詢及之，殊惚恍不自了了。但云今已無此而已。於是予既悲知己之難可復作，又歎長物聚散乃不幸而若是，不自知其涕泗之交横也。越月而雪峯陳君屬跋其所刻。雪峯向識淵翁者也，遂舉而著於後。他則雪峯自題及諸家所題能詳之矣，故不綴焉。

跋谷朗碑

《谷朗碑》歐趙俱有，而全文始釋於大興翁氏《兩漢金石記》，厥後孫淵翁録入《續古文苑》，復爲之補缺正譌。其石聞在湖南耒陽縣東五里社公祠中，搨本絶少。故青浦王氏《萃編》未收。予近覓得，細讀一過，第十行戎車下隱然「婁」、「駕」二字猶可辨識。翁氏缺釋。《續苑》「婁」字得之，「駕」字作「起」，則補釋誤也。淵翁又有《補萃編》未成，當舉此以告之。獨惜朗子昊臨海侯相碑亦見於趙録，云無年月，附於其父碑之次者，未有彼土好事搜訪出之，以決歐跋稱爲永寧侯相不同之疑耳。爰附識於此。

跋李苞通閣道題名

「泰」下一字，自宋慶元初晏袤已云不顯，而定其爲魏明之泰和。錢潛研云，但史作太和，本一字，古今文異爾。翁氏《兩漢金石記》則以爲隱隱尚有畫痕可辨，確是「始」字，非「和」字也，而定其爲晉武之泰始。予得此於白下伍詒堂，裝挂齋頭。居停孫伯淵先生同翁說，遂記諸上方。

跋脩佛龕頌

右隋劉瑞等《脩佛龕頌》，先後著錄家皆未見。友人葉紉之得一拓本，已經翦帖，又曼患不易讀。予從之借來，累日玩索，遂獲通曉。開首五行必有石泐，無字之處裝人割棄其紙，遂不成句讀，故佛龕所在末由見之。自第六行「是稱形勝」以下，則尚可循誦。駢麗諧穩，然無撰人姓名。或當在割棄無字内也。其序「有周統壹」以下四句，言周武滅佛也。「皇隋撫運」以下四句，言隋文復立其教也。事具於史。然則佛龕造在周前，瑞等特脩之耳。故下文云「共加琱鎸」也。「皇后」字亦如聖上空格。「晉王」句與儲宫對文，當時風氣，不知其非，亦事具於史，無庸贅述矣。其「敢作頌云」下「習坎」亦空格，蓋頌文不跳行，故以此爲别也。頌四韻一轉，三轉至「傳燈未央」而止，以下皆題名。細驗其紙，俱無跳行，無空格，蓋獨與他造像碑異式也。題名之稱謂，自「邑師」以下，則與他碑大略多同。其云「邑主妻成辠縣君李敬如」，「妻」作「𡜋」，「辠」作「睾」，皆别體字也。其云「前下士柳士直」，乃宇文朝官，而入隋未仕者也。

書銘人雜在題名中，予始表而出之。筆意殊朴雅。烏丸子榮雖無可考，觀《周書》王軌賜姓烏丸氏及《廣韻》「烏」下載周上開府烏丸泥，則亦北朝望族也。蔣文欣當即序内之蔣聞欣，而「文」、「聞」不一。序言「敢作頌云」，而題名言「書銘人」，「頌」、「銘」亦不一。古人多不拘如此。最後一行題「歲次甲辰年」，是爲文帝之開皇四年。以隋唯有此一甲辰而定之也。其中尚有不能辨識之字，然不及二十之一。爰手摹一本，以便傳觀，且寄示建寧夏玉甫，俾錄入《補金石萃編》，庶世間知有此刻，或遇同好蒐訪再出，則更一快事矣。

臨竟，葉君裝作副本。因思雖經翦帖，或尚有痕迹，可以推求原石行次，復并借來，從紙之連斷處反覆計算，豁然知其每行卅五字，首末共廿三行。又驗以横裂石文，亦爲吻合。因鉤乙之，而標注於上方。首行全無，次行三行亦不具。第四行割弃首一字，第十二行割弃中一空格，餘皆完好也。其「書銘人」三字在第廿行盡處，當連上「邑人張車憶」讀，與第十九行盡處云「邑人張士文施手」同例。施手，殆謂出錢雇刻字人也。向讀以「書銘人」下屬，緣未晰行次，致有斯失，亦碑本貴完整之一端歟。

跋唐殘碑

甲申二月，過夏玉甫胥門寓樓，出示此碑，蓋打本，祇有上截十餘字，而經翦帖者也。就十餘字中，亦多曼患，復不免割弃，其成句讀者甚少。姓名、紀年均不可見。其首標題，諦視之，隱隱見「大唐故光祿大夫上柱國并州都督□□□」字跡而已。其下序云上缺參造物望風力而齊轍者，謂有功唐初也。云涪陵郡公，又云□沂二州刺史，又云周贈少保柱□者，皆其上世也。云梁泉縣令奉身清□，處物□平者，其起家也。云上缺方溢公撫全闔境審候空格昌期遵卓令之高軌者，謂隋亂而歸唐也。云上缺司馬加授柱國，二年正月授，兼攝陝東道行下缺者，謂武德年也。元年十二月加秦王太尉陝東道大行臺，此所授兼攝乃行臺之屬官，而行臺即廢於武德末也。云資參乘之勞，又云授殿中，下缺又云匪懈爲心，又云晉王流眄者，皆其累官中朝之事也。云殊榮既總，誠盈斯□者，謂其致仕也。云上缺第春秋六十有九者，謂其致仕而歿也。云上缺舊前王之令圖以下至官給者，皆贈卹詔文，而中不全，雖存「故光祿」三字，及「使持節都督并」六字，餘仍弗具也。云上缺徒公觀王雄之女也者，其配也。觀王雄《隋書》有傳者也。云柱國蠡吾公承基等者，其子也。云上缺以虛薄側奉清塵者，撰文人自謂也。云軒丘錫宇以下者，皆銘詞，而中末俱不全也。考此碑，金石家未有著錄。舊新兩書列傳諸人又未有適相當者，或疑其爲昭陵各碑之一。然詳玩文意，亦不似陪葬也。姑摭其略而說之，以俟能博識者，或更得完善打本，當有可考矣。

跋萬年宮銘

此銘淵翁載入其《續古文苑》。初據新拓本，闕文與《萃編》相似。適予得此紙，審諦補正，所少僅十許字矣。淵翁喜而爲署其首。時嘉慶壬申歲也。忽忽及今十餘載，重一展玩，恍已隔世。斯人不作，風雅日替，可慨也夫！

跋碑陰

下列第十行「左領軍將軍金仁問」，末三字雖稍損，然隱約尚可辨識。《萃編》妄謂疑薛仁貴，大謬。而錢潛揅跋尾讀作李仁口，亦欠審諦也。考金仁問爲新羅王，金春秋子，法敏弟，在唐宿衛者，姓名書於《新唐書·高宗紀》、《新羅傳》。其事迹載於《朝鮮史略》。彼云新羅主勝曼時遣仁問如唐宿衛，時年二十三。證諸唐傳永徽元年也。又云金仁問卒于唐，在嗣聖後九年，證諸唐紀周天授三年也。又云仁問七八宿衛凡二十二年。此碑陰題名爲永徽五年事，上距元年不遠，其當爲金仁問無疑矣。又考平百濟國碑副大總管左領軍將軍金□□，《萃編》云泐其名，無可考。予嘗借得墨本，驗之亦仁問也。《朝鮮史略》書是役云，唐以蘇定方爲神邱道行軍大總管，金仁問爲副總管，伐百濟。極爲確證。其時顯慶五年所題，官仍爲左領軍將軍。《新唐書·新羅傳》於咸亨五年稱仁問官爲左驍騎員外大將軍、臨海郡公，則在此後，必以平百濟而加耳。

跋唐平百濟國碑

此碑著録實始於《金石萃編》，今青浦收藏全歸長洲汪君閬原，爰從借此一種，用《萃編》讀之，而知今本已非述菴少寇原本也。《萃編》著錄碑文共計一百十七行，首尾俱全，今本則篆額之後首一行起「器言爲物範」至「氣馥芝之充其前」皆無之，以字數計算，尚少卅六行，其非一也。《萃編》有洛州河南權懷素書，又有顯慶五年歲次庚申八月己巳朔十五日癸未建，今本亦皆無之，其非二也。《萃編》有三韓洪良浩跋語二百餘字，今本亦無之，其非三也。況《萃編》少寇自跋云：「前段七十餘行俱完好，闕字無幾，後五十行則大半泐矣。」今本則前後一律曼患，反藉《萃編》方可依稀相驗。倘使爲著錄原本，彼時何從如此釋出，又安得分前後爲完好與泐耶。推原其故，必少寇所得有洪良浩跋者，係東國舊搨全文，晚年耳目都廢，弗克檢點，爲門下客將今本不全新搨偷換之耳。其外面籤上標除闕不算，僅存十張，未知出何人手，然與著錄者不合，正自顯然。故爲詳書委曲，俾將來觀者不致疑惑。但三泖漁莊故物，竟不審流落何地，惜弗獲在藝芸書舍許我縱觀也。

跋龍龕道場銘

此銘刻於聖曆年，多用武后字，前人所說或多或寡。予合《集韻》等書考定爲字十七，其見於此銘者十有二。圀而𨘥𤰔𡆠𨲢𠡦𡔈𡈼𤔔𦾔生是也。其餘又有當時俗體在其間。如十五行「經」下「雷」字，廿九行「於」下「杅」字，疑不能明。然與武后字卻無涉。俟讀者詳之。

第三行「可以神事，絕於筌蹄」句，第廿一行「脩六道之緣」句，皆落一字。第十八行「不感啚南」，

「感」是「惑」字之譌，必書丹時所誤，不復刊改，故如此耳。文筆亦拙累，彼時粵土尚陋，無足怪也。銘在羅定州之龍龕，其地既僻，又刻在摩崖，不平正，椎拓甚難。翁覃溪撰《粵東金石略》亦未載，可見矣。近修通志，儀君墨農親至洞中摹之入局，可稱好事。頃因墨農譚及此事，乃尋出篋中所藏趙晉翁相贈之本，屬紉翁錄此一通。予復爲之審正，視外間傳寫釋文訂正五六十字，但不知通志稿所讀如何。

跋鄭仁愷碑補金石萃編六十八卷作

右鄭仁愷碑。《唐書·宰相世系表》第十五上鄭氏有仁愷，密州刺史，則其人也。上一格弘諒，則其父也。又上一格子裕，則其祖也。接仁愷下一格首愛客，又秦客，又齊客，又知十，又洪一名盧客，又越客一名固忠，又慈明，又郊卿，又信卿，則其子也。載於表者止此，以碑證之，尚有曾祖□育周議曹□□□騎中□□□□□□守，足增表之闕也。又碑尚有次子智廣，在固忠前，故云有子十人，而表不列，以其出家也。其餘可以參考表者甚衆，兹不具論。碑首行云「《唐故密亳二州刺史贈安州都督鄭公碑》并序」，亦正互見表之未備。碑次行云「通議大夫行國子司業兼修國史上柱國清河縣開國子崔融撰中闕，□暹書」。舊拓本有，王少寇本無，金石家所當詳也。碑末行云「大唐景□中闕亥朔廿八日　建」，亦所當詳也。至前後多出之字，在《唐文》二百廿卷，合而觀之，可以知舊拓本之勝王少寇本遠矣。《萃編》此碑且失其跋，率書以補之。

跋唐碑三種

道光庚寅之歲，紉之得趙晉翁竹崦盦藏唐碑三：一爲開元柏梯寺碑；二、三爲貞元演公塔銘及淨土寺西院和尚塔銘。雖平津《訪碑》用仁和趙氏拓本入録，然仍無地名也。以予考之，柏梯寺當在山西省蒲州府虞鄉縣，演公與淨土寺二塔皆當在河南省河南府鞏縣，均足以補前人所未及矣。唐演公銘，鞏縣尉楊叶撰。

跋王慶墓誌銘

右《唐故朝議郎行登州司馬上柱國王府君墓誌銘》，無撰書人姓名。其略云，公諱慶，字弘慶，東萊掖人。萬歲通天元年白虜越趄，天子詔左衛將軍薛訥絕海長驅，掩其巢穴。飛芻挽粟，霧集登萊。監軍御史范□成揖公清幹，乃密表馳奏。俄除朝議郎，行登州司馬，仍充南運使。聖曆年運停還任。以神龍元年卒，開元九載葬於掖城東南五里岡掖山之陰。此誌《山左金石志》未收，亦不見他家著録，殆近日出土也。白虜當指李盡忠、孫萬榮，而《舊書·薛訥傳》、《新書·訥附父仁貴傳》俱不書絕海事，得之可備異聞也。

跋乙速孤行儼碑

醴泉縣乙速孤三碑，晟已亡，神慶、行儼存。此即行儼碑搨本，殊精，可補《萃編》闕字。新打者曼患不足觀矣。碑有左除溱州扶驩縣令，《舊唐書》十道郡國志溱州，貞觀十六年置有扶歡縣，屬江南西道。《新唐書·地理志》屬黔中採訪使。《元和郡縣志》黔中觀察使有溱州，溱溪下，以南有溱溪水爲名。扶歡縣中下，以縣東扶歡山爲名。餘書尤多，不可枚舉，而《萃編》乃云並無此名，何耶？

跋道安碑

《嵩陽石刻記》，康熙初年所撰，言《道安碑》萬曆時雷震爲兩截，文甚模糊，不可讀。故《金石萃編》僅載半截，了無首尾，但每行三十字而已。予所見皆然。此紉之葉君所藏舊搨本，獨此具存，多出之字過半外，且殊可讀。然則足以傲君家并叔，無論青浦也。

跋神寶寺碑

此碑序「望魯開基」，與《基公塔銘》正同，皆「基」字，避嫌名而缺末筆也。至序「大雄有以見郡生銘偏看郡」，有二「群」字，俱作「郡」，然文中他「群」字亦不如此，則當屬誤書矣。「撰」上「字寰」上姓名不可辨識。字寰者，所謂二「字」字也。錢氏跋尾讀爲李寰，又疑爲子寰，皆非。甲申二月借此本於芸墀仙館，校正《山左金石志》數十處，唯「字」字《志》未誤。拓本尚明白可證，遂記之。又《訪碑錄》亦云李寰乃承潛揅之誤。又嘗見某人言刺史盧諱全下是「義」字，亦目驗而知其謬也。

跋馮鳳翼等造象題名

右題名每行七字，存十八行，爲字八十八。其人名可見者五：馮鳳翼、莫順之、王忠謹、杜元璋、魏思泰。證以華塔寺梁義深等造象，而行款字畫無一不同，必同在塔上石佛坐下也。梁義深題名一石凡九人，所有之李善才、杜懷敬、馬元收、蘇仁義，與此一石之馮鳳翼、莫順之，皆見於開元末《内侍省功德碑》一百六人之内。其餘不見者殆過半，《功德碑》多漫漶，非可盡知矣。然則二石同爲一刻，在開元時無疑。《關中金石記》、《寰宇訪碑錄》及《竹崦盦目錄》俱誤謂梁義深等應是武后長安時人。王氏《萃編》嘗言其非，而猶附列於王璹之次。錢潛揅以爲無年月，仍不入開元，亦失考《功德碑》，故未能確指耳。今因此石而併正之。且疑塔上尚不止二石，當有年月、造象緣起分刻他面，或已損，或失拓，則非親至其地目驗之不能明也。

跋内侍省功德碑

頃偶得此碑以勘《金石萃編》，補正數十字，首行題署「撰」字之上、「御」字之下皆損泐，人名俱不可見。黄叔琳《金石考》以爲御撰御書。授堂疑其未必者，蓋是。述菴侍郎云，次行有「御書」字，諦視頗不甚確也。信乎拓本之耐人尋玩矣。

跋任令則神道碑

此碑李北海書天寶四載建，卅行，每行五十五字，諸家著録皆未見。近年武功令段君嘉謨得之於文廟。宋人用其石刻《大觀聖作碑》，而碑陰尚存此文也。字既曼患，拓本又草率，讀之大半不能成句。「其公諱令則，字大猷」，獨完好。下云「本樂安博昌，因居官，今爲西」云云。考《元和姓纂》，樂安博昌任氏、西河任氏同出。是次行必接河云云也。《姓纂》復云又居成都。故銘詞言「歸途劍閣」，而序則亦在闕字中矣。十五行有「時吏部尚書朔方□使王公」云云，十六行有「康待賓」云云，十七行有「命舛莫登」云云。考王公者王晙也。《舊唐書》本紀，開元九年夏四月庚寅，蘭池州叛胡康待賓、安慕客爲多覽殺大將軍何黑奴，攻陷六胡州。兵部尚書王晙發隴右諸軍及河東九姓掩討之。秋七月己酉，王晙破蘭池州叛胡，殺三萬六千騎。辛酉，討諸酋長，斬康待賓。《新書・本紀》亦云己酉王晙執康待賓。其詳在舊新書晙兩傳。又《通鑑》二百十二卷同。蓋令則即晙所發諸軍之數與有勞焉，而不及敘功，故言命舛也。十八行有乃奏公口前相國李公元紘討之。舊新《元紘》兩傳不載此事。考元紘以十四年相，十七年罷，事當在十四年之前。其稱前相國者，據撰文時言耳。詳令則官位不顯，事跡亦無大關係，獨賴北海之文與書，歷千餘年後，其名晦而復顯。此古人之所以欲托壽於碑板歟。拓本爲同里葉君紉之所得。戊子冬出而共讀，輒舉所知以相質。葉君手釋其文，因書諸下方。

跋元林禪師碑

考訂石墨無他巧妙，不過善讀本文而已。所識老輩擅場著名，零落無存。予僅六十五，經歲久疾，道光十年閏四月廿七日更嬰類中，手足口舌不由主張，旦夕化去，此事竟廢。六月廿二日，紉之走問，告以新見是碑，有「獨步鄴中」之句，因觸安陽金石當載之。客退，喚十四齡孫查檢，果得於第四卷前，具列本文，後係以跋云：右碑無書人名氏，其字勢勁拔，類李北海。凡正背兩面皆完好。初薶土中，募役夫出之，前列監察御史陸長源撰。長源，《舊唐書》本傳，乾元中陷河北諸賊，因佐昭義軍。《新唐書》亦云，始辟昭義薛嵩幕府。蓋長源於此時從薛嵩，故得在相州撰是文。而新舊兩史皆不著爲監察御史，是於佐幕之職從略矣。碑載元林禪師，堯城人，俗姓路氏，依龍興寺解律師學業，居靈泉佛寺。景龍三年，敕與元散同爲翻譯大德，累表懇請，詔許還山。龍興寺，見《河朔訪古記》：彰德路北關外古寺坊東龍興寺，寺前豐碑一通，是爲隋龍興寺也。予既不能爲讀碑之難，不得已爲讀《志》之易，亦覺使我了了。《志》又云在善應山，則他書皆未曾及，尤非官此土，不克道其詳。蓋善應山即所謂元林神道，西北隅距靈泉寺不遠。碑中「詔許還山」，指斯山也。迴憶予初收此，嘉慶甲戌秋將離白下，匆匆寄家，倏忽十五六載，乃始一啓篋。病眼昏花，僵臥枕上，展開尺許，便失所視。雖摩挲舊物，徒增感懷。翌晨力爲此跋，以塞紉之之意云爾。

跋峿臺銘

《說文》，𦣻古文百，从自，與此銘𦣻正合。第一畫雖稍剝蝕，然具存可辨。而《萃編》乃云百字，竟書作自，亦所未詳，疎舛甚矣。

記題三墳

潛揅跋此記疑豁、昊等字爲宋時重開之譌，但少溫他碑，準以《說文》，其偏旁皆不免舛盭，未必非本來如此也。

末行上損四字，其下[illegible]，石並無恙。搨工省紙，故衹存少半耳。

跋貞一先生廟碣

右大唐王屋山中巖臺《貞一先生廟碣》，衛憑文，薛希昌八分書并額，額八字，有《唐貞一先生廟碣》篆書。貞一先生，司馬承禎賜謚也。承禎碑，開元御製，今不傳，此則猶子河東郡竇鼎縣主簿綱造廟所立，無年月，末有正書一行，題「紹聖元年山門都監道士崔可安重立」。及王屋縣尉李阜權、縣事王評名又云，中嶽李中卿則刻字人也。碑云：「尊師諱子微，字承禎；」舊新兩《唐書·隱逸傳》云道士司馬承禎，字子微，互異。按承禎之兄名承禕。其書《潘尊師碑》，自署弟子司馬子微，而贈制亦稱「故王屋山道士司馬子微。」蓋本名承禎，入道後則名子微也。碣又云「法號道隱」。兩《唐書》傳及《雲笈七籤》李渤真系所撰貞一之傳皆未載。《寶刻類編》第八卷姓名殘缺三，有河内道隱貞白先生碑陰述，并篆書注天台峯白雲道士，據此知即子微矣。額左右又有崇寧乙酉宋人題名兩段。

跋貞一先生廟碣陰

右《坐忘論》下署敕贈貞一，《新唐書·藝文》云道士司馬承禎《坐忘論》一卷，又《道藏》去字號有之，白雲霽注司馬子微得道之語，即此論也。上清三景弟子女道士柳凝然、趙景元，唐長慶元年遇真士徐君雲遊於桐柏山，見傳此文，以今大和三年己酉建申月紀於貞石。又《薛元君昇仙銘》，晚學女弟子柳凝然自天台謁朱陵，感慕芳德，敬爲銘，皆在貞一先生碣陰。左行王屋山玉溪道士張弘明書，末有元祐九年崔可安重立石等題名。其先又有盧佺、字未詳。高常、嚴固元和五年題名，篆書十大字，在上方，尚完好。又有劉明俊、郝文、盧朝等題名，正書在左方，則爲加刻，論文所掩，僅露行間耳。

跋温佶碑

右《唐故太常丞贈諫議大夫溫府君神道碑》，牛僧孺譔，裴潾書，篆額人姓名闕失。末署大和七年歲次中缺日戊午建。予得一通，紉之爲釋出，復屬予覆勘。按碑云「溫氏裔顓頊爲己姓，其後有平，佐夏滅窮，厥用胙土，子孫因闕字其邑，而仍其侯」。考《宰相世系表》及《元和姓纂》、《古今姓氏辨證書》皆云溫氏出自姬姓，爲叔虞之後，《虞恭公碑》亦然，皆與此不合，未詳孰是也。中間文多曼滅，其約略可識者如云「即南鄭公之長子也」，謂佶父景倩，南鄭令也。見《世系表》《舊書·造傳》云祖景倩南鄭令。云「卒於鄴城之成安里第」，謂佶後居鄴也。見《新書·佶傳》云，子男字缺人，曰遘，曰邈，曰造，曰遜，曰下缺，而造傳及《世系表》皆但有兄邈弟遜，證諸碑下文言尚書名造，即諫議公之第三子，當以此證史之未備矣。餘見盧抱經跋語及錢潛研集者，不復贅。惟盧、錢皆未見末行「大和七年」字耳。《寶刻類編》卷五裴潾下著錄云，洛《舊書·造傳》云河内人。近日畢氏撰《中州金石記》失載。《寰宇訪碑錄》僅稱仁和趙氏拓本，蓋不易得故。銘詞「笑言委遲」，「委」下有「音威」二小字，而談碑刻旁注者曾未舉及也。

跋二體石經周禮

北宋嘉祐二體石經，《中州金石記》云今僅存《周禮》卷一及卷五中數石，在陳留。此拓本六紙，一起《大宗伯》，二起《肆師》，三起《司尊彝》，四起《典瑞》，五起《典祀》，六起《職喪》，皆卷五。唯末紙接連者第六卷首之《大司樂》耳，似少畢秋帆所見之卷一也。又聞孫淵翁言，其仲弟名星衡官河南河工通判，曾搜得《禮記》一種，惜當日未曾索取，不知凡幾石，則爲諸家著録所無，僅載平津館《續萃編》而已。又載《周易》、《尚書》二種，未知出自何時，《訪碑録》亦有之，云在祥符。紉之嗜碑成癖，書而貽之，以待他日墨緣。

跋葉紉之金石拓本册

吾友紉之，篤好金石，最勤搜訪，計前後所獲之數與近來收藏諸名家約略相埒，而出於王少寇《萃編》未著録者正復不少。暇日取六朝至五季誌銘造像題名等裝潢，手定目次共一百五十餘種，而凡豐碑大字則皆不與焉。戊子四月，予同仁和江秬香過之，縱觀。予曰：石於物爲壽，有時而泐，彼自漢以下大書深刻，杳不可見者何限，況小品之尤難久存乎。斯固人世代謝之一端，而有心人所欲及今爲之收檢者也。秬香亦同嗜，不以予言爲癖，遂題記於後。

答葉紉之論廣惠廟碑書附

紉翁足下，所尋出整碑，一《平江府新建廣惠行祠記》斷碑，一少下半、正背分刻使府免税之記及公據，首皆云「據府城張真君行祠教院住持僧嗣芳狀」，末存「咸淳陸年柒月」。二者，吴中金石家未見。按乾隆十三年《志》云，廣惠廟在雍熙寺東，祀烏程刻本誤作城。祠山神張大帝，宋慶元三年建。莫子純記其言甚略，今得是碑，可以證明矣。予謂府城張真君行祠當即廣惠廟，張真君當即張大帝。蓋本爲一廟之碑，其同云行祠，可見也。草草奉質高明，以爲何如。

思適齋序跋補遺

思適齋序跋補遺

序

古甎録序代陳寄磻

璜夙聚古甎，愛其製作淳樸，文字奇麗，使人玩而忘倦。朋遊見知者，往往得以相餉。或聞收藏在他許，亦必致其拓本。積之既多，習之彌久，始識此中乃有四事。一者年號月日，可以參訂諸史；二者，所出之地可以借證方志；三者，所署之人，可以探討氏族；四者，偏旁點畫，可以通悟小學。故甎於金石雖屬一隅，而其爲用，固未嘗因小大而限隔也。於是博採昔賢議論，並同嗜雅談，每甎係以跋尾，僅自怡悦而已。過承海内通人不弃黯淺，謂編而録之，可成一書，復費日力，撰定六卷，手摹付雕，冀質方家。其所未及，尚期後續云爾。時道光丙戌之夏，上海陳璜序。

重刊梧溪集序

元王逢原吉《梧溪詩集》七卷，前六卷原吉未歿已梓行，末一卷其子掖所刊，皆在洪武時。迨正統間，板有闕壞，南康守陳敏政修補。見於景泰七年敏政後序。又下至明季，則傳者絕少。觀錢曾《敏求記》云，於劍映齋藏書中購得前二卷，是洪武年間刊本，如獲拱璧。恨無從補錄其全。越十餘年，復於梁溪顧修遠家借得後五卷鈔本，亟命侍史繕寫成完書。可以知其罕遘矣。長塘鮑淥飲丈雅意收入《知不足齋叢書》，俾廣流布。乾隆末欲見屬勘訂，適汲古閣所藏景泰刻本歸余從兄之小讀書堆，爰敬諾之。彼此卒卒，近逾廿載未及施功，而鮑丈作道山遊矣。嘉慶丙子，令子志祖以遺言復謀於余。冬杪持鈔本來，余不敢不力，借刻本細校一過。鈔者蔣西圃氏，名繼軾，在雍正丙午，亦出景泰板。然遇有模糊斷爛皆脫去，或譌謬，爲之一一補正。不啻數萬餘字，乃始釐然可讀。惟第七卷板心舛錯，失去第四葉。參遵王家鈔本，亦未嘗有。蓋非獲洪武印本，末由補全也。校畢還之，又閱七年，方告刊成。兼屬覆校。余既歎鮑丈拳拳闡幽，靡間生死，又嘉志祖之克成先志，且感此書久晦於世，昔人搜訪維艱，今此辛勤僅就，詳書以爲之序。幸將來覽者，毋因後此易得而轉致忽視善本云爾。其原吉與詩世固多知之，不待綴。道光三年，歲在癸未三月既望，元和顧千里書於楓江僦舍。

國初十六家文鈔序

孫卿子曰：「有治人，無治法。」斯言也，千古文章之祕傳也。試即詩文論之，自有時文以來，五百年許，或尚正，或尚奇，或尚簡，或尚繁，莫不言之有故，而執之成理。是皆所謂法也。而其中之某大家、某名家，亦復奇正繁簡，各有所尚，而不能相尚。是固所謂人也夫。然故苟非其人而徒法，則法之所在，即弊之所生。弊生則法侵，弊甚則法奪。囿於所習，方且轉指弊而謂之法，而法安所恃哉。於此有人焉，不務求法之貌，務求法之心，法之侵補苴焉耳，法之奪更張焉耳。然則守法，法也；變法，亦法也。其惟人乎，其惟人乎。余藏是說於胸中，無慮幾何年，未發厥覆。遇秦子玉生以所選《國初文十六家》見屬爲序，喟然歎曰：美哉乎，是選也。夫將謂是選恐學國初文者不知其法，遂日破藩抉籬，敗壞不可收拾，而爲之陳規矩焉，設繩墨焉，似矣，而未盡也。必將謂恐夫學者不知國初作文之人，上窺乎經，下涉乎史，旁參乎諸子百氏，蘊釀乎其所得，發揮乎其所言，文成而法立。然後讀國初文如無他家，蓋善於法人而又可以法於人也，庶幾得之矣。不然，置此一編，謬爲恭敬，曰規矩也，曰繩墨也。李義山苦撏撦，韓昌黎痛剽賊，竊竊然專思乞靈假寵塗有司之耳目，作發策決科計，返而敂以彼十六家之果爲何如人，果爲何如文，皆茫乎其未有聞也。夫如是，是直藉天下一切所有良法美意，以自便其私者之初哉。首基也尚可言哉。嗟乎！世豈乏豪傑之士，於讀是選，猛發深省。彼丈夫也，我丈夫也。彼爲法於天下，可傳於後世，我何爲獨不能任補苴更張之責也。必以是爲文正也，可奇也，可簡也，可繁也，可未嘗離乎法之外，未嘗拘乎法之中。天下之文將從此而出,天下之人亦將從此而出。余日望之矣。嘉慶甲戌歲陽月朔,元和顧廣圻序。

扁舟載酒詞序

蓋聞填詞之有宫律,譬則規矩也。其詞句之美,譬則巧也。所謂能事者,盡規矩之道,以施夫巧者也。詞家之盛,由兩宋以溯唐五季,而涉金元,罔有不知此旨者。更明三百年陵夷衰微,迨至國朝,復起其廢。善言宫律者,椎輪萬氏,囊括詞麈是已。善用宫律而辭句兼美者,吾友江子屏,方今之一也。子屏於詞乃餘事中之餘事,而《扁舟載酒》一卷,清真典雅,流離諧婉。追《花間》之魂,吸《絕妙》之髓。專門名家,未能或之先也。特是讀者知其辭句之美易,知其字字入宫律難。余往者亦嘗留意於《碧雞漫志》、《樂府指迷》等諸家之説,用求卷中衆作,不啻重規疊矩。故敢首揭此旨,將以待聞弦賞音者之擊節云。嘉慶乙亥中秋後五日,元和顧廣圻。

廣陵通典校例

移例

「十三年,討虜將軍孫權遣長史張昭攻登於匡琦城」接「策將代登軍,到丹徒,爲人刺死」下原稾如此。又張翁無校。

今案此條，係合《三國志·陳矯傳》「郡爲孫權所圍於匡奇」云云，《張昭傳》注引《吴書》「權征合肥，命昭别討匡琦」云云而爲之，其實誤也。考《吕布傳》注引《先賢行狀》云「策遣軍攻登於匡琦城」最是。蓋《矯傳》「權」字當爲「策」字耳。此事雖無的年，必在建安三年禽吕布，五年策死之間。是後曹操辟矯爲司空掾，屬司空，操官也。若至十三年，則其六月操已爲丞相矣，漢已罷三公官矣。八月劉表死，十一月操敗赤壁，北還。十二月權始攻合肥，不得復有登遣矯，矯以是辟司空之事。温公《通鑑考異》亦嘗疑焉，可取而參訂也。然則《吴書》張昭討匡琦别是一事，與此不涉。故改「十三年至張昭」十四字作「策遣軍」三字，而移之於前。

凡移者例視此。

又案：「廣陵對孫策用兵」云云，「陳登出奇制勝」云云，則匡琦之戰爲之也。可見尊公於此事並不定謂是權而非策也，正足爲移改之明證。

删例

策攻破揚州刺史，劉繇别將於海陵在初陶謙同郡笮融上。

原稾有。又張翁無校。

今案此條係從今本《三國志》裴注所引《江表傳》采入，其實誤也。考《通鑑》載此事作於梅陵。

胡身之注曰：「《晉書·地理志》『宣州南陵縣有梅根鎮，今有梅根港』。」然則在溫公時，國志注字自作「梅」，宋末尚爾。但後來乃譌作「海」耳。且觀《通鑑》上云「策攻劉繇牛渚營」，下云「轉攻湖孰江乘」，所載全取《江表傳》。準以地望，是時策自歷陽渡江而南，方轉戰丹陽郡界中，何從越至江北之海陵乎？可知「梅」之必是，「海」之必非，而不當采入此書甚明也。故删。

凡删者例視此。

改例

「建安十八年，丞相操恐濱江郡縣」云云，「皆東渡江，江西遂虛。合肥以南唯有皖城」。

原稾如此。又張翁無校。

今案此條係合《三國志·吴主傳》及《蔣濟傳》而爲之，考《吴主傳》云「初曹公恐江濱郡縣爲權所略，徵令内移。民轉相驚，自廬江、九江、蘄春、廣陵戶十餘萬皆東渡江，江西遂虛。合肥以南，唯有皖城。十九年五月，權征皖城，閏月克之」。承祚之意，自「初」字以下至「唯有皖城」爲十九年權征皖城先事起義，其法本出《左傳》，非謂此事在十八年也。故《蔣濟傳》云「建安十三年」云云。「明年使於譙，太祖問濟曰」云云。明年，十四年也。正於十八年爲初，故改「八」字爲「四」字，而去「江西」以下十二字，爲其係皖城而不係廣陵也。

凡改者例視此。

增例

「質帝本初元年」至「以稱朕意」七十九字

原稾無。又張翁無校。

今案此在范蔚宗書《帝紀》，「當采入而誤遺之耳，故增。」

凡增者例視此。

以上四例各舉一條，餘不更出。

壬午仲秋下旬，錄於邗上洪氏之小盤洲。

跋

跋泰山刻石殘字

聶劍光《泰山道里記》云：「末有北平許□隸書跋」，近見《平津館金石萃編》，摹其文曰：「《岱史》載秦篆碑僅存此二十九字，余至泰山頂上，從榛莽中得之，恐致湮沒，因楬之壁間，以識往古之遺蹟云。北平許莊並題」夢華出示此本，爲錄於後。元和顧廣圻。

泰山刻石在山頂玉女池，近代燬於火。舊拓本至難得，余購得二本，以一金易一字。此刻爲昉初居士所藏，筆畫尤分明，洵足寶也。辛未歲十一月廿日孫星衍題。

道光初元，紫陽山蒙胡培翬觀於京邸。

余於庚辰春因伯恬彦聞得見定菴。去年夏秋始相浹，時從愼伯默深數數談譏。定菴高邁蓋世，淹貫今古。余荒陋無俚，顧承許可，頗頗自負矣。今定菴從南來，而余適作吏往山左，相聚無幾日。因題數語於泰山刻尾以記蹤跡。癸未二月廿八日張琦書。

欲將舊藏本瑯琊石刻同裝於册，徧覓篋中不可得。知又爲魏默深竊去。默深行將南來，季氏有言曰：「盗不遠矣。」書此自懲，萬勿令此一類朋友入齋中，悚然識之。時癸未冬至也，定。其盗去十三行尚未寄來，恨甚恨甚！大隆案：此則爲龔氏自珍跋。

跋泰山石刻

泰山秦篆廿九字原石，余求數十年未遇。道光乙酉二月從邗上還，翌日葉君紉之過存，攜此本見贈。勝獲雙南金也。

跋西狹頌題名

漢題名十二行，大興翁氏《金石記》定爲在李翕《西狹頌》年月一行後，接行末時富二字讀者是也。

跋魚臺馬氏漢殘碑

《魚臺馬氏漢殘碑》三紙，丁亥十二月江都汪孟慈從都中寄我。千翁記。

馬名邦玉，得此於鉅野昌邑聚，定爲建寧四年從事孫光等爲沇州刺史楊叔恭立。見《水經注·河水》下自爲跋一篇〔一〕，今不具録。戊子正月又記。

余檢《通鑑目録》，建寧四年劉羲叟長曆七月己未，正可爲馬氏作證，其跋未及也，爰筆以補之。思適居士書。

跋楊淮表記

右《楊淮表記》舊拓精本，第六行首字尚存。後此左上角泐損，並其下「約」字及次行首「黄」字皆全不可見矣。癸未歲題。

跋漢故王君之碑額

此所謂中平二年《王君碑額》，載大興翁氏《兩漢金石記》，道光癸未偶得於揚州北門攤子上，其碑則黄小松、趙味辛皆有之，余未得寓目也。顧千里記。

跋武始公石闕

武始公石闕，從黄小松司馬搜出，後拓有數本，因地僻山深，難於尋訪，世不多見。此本定是當時用良工精細拓成者，漢碑中小而完善，以此爲最。辛酉三月，長洲千里觀并識。

雲莊見示此碑，謂是黄司馬小松在紫雲山搜得，拓出惠寄者。字蹟完好。漢碑精美若此，甚不易得，固可寶也。壬辰七月，朱方藹并記。

跋定武蘭亭

蘭亭定武在宋已重，至今遂成希世瑰寶。前此江都汪容甫中嘗得其一，自詫異常，乃爲文以記之。汪夙負精鑒，固當非虚也。玆知定菴中翰所收，既較彼形神紙墨無纖毫不同，誠可謂天壤間屈指有數之帖矣。承不靳出示，因獲縱觀，俾識肥本真面，以開眼界。爰書於後，用誌幸云。元和顧千里。

跋都邑師道興造像並治瘀方武平六年

《都邑師道興造像記》並《治瘀方》共兩紙，其後一紙孫觀察所贈。此前一紙，余别得之。於是始全，亦足見搜求金石文字之不易也。顧廣圻記。

洛陽伊闕多魏齊刻石，此佛龕藥方在龕左右，字甚佳妙。方在《千金方》之前，余嘗親至其下拓本以歸。此刻止存其半，以歸劔萍，俟再補完。甲戌歲正月十二日，伯淵病中記。

跋開業寺碑 開耀二年

此開耀二年李尚一開業寺碑舊拓本。惜紙損上角。道光戊子四月一日同葉紉之觀江秬香翁所收碑於其寓齋，分出所重見惠，而得之。因記歲月，千翁書。

跋馮善廓浮圖銘 萬歲通天二年

王氏《萃編》極有功於金石，惜其體例每有未善。即如諸碑撰書人姓名，有在前者，有在後者，難可畫一。而《萃編》以置於題下爲限，於是多移改，失其舊觀，亦未善之一也。此銘非見拓本，必誤認趙顗與姚璟並列矣。故聊出之，以諗讀《萃編》者。道光四年歲在甲申四月望後，一雲散人記。

跋龍龕道場銘

嘉慶丙子歲，仁和趙晉翁贈我此銘，閱逾周星，始能細讀。而晉翁歸道山亦已五年矣。追惟良友，不可再得，曷禁愴然。元和顧千里記。

道光九年歲次己丑，八月廿九日，時年六十有四。此銘《粵東金石略》未載，得者寶之。千翁又書。

龍龕洞在羅定州，銘刻洞中，摩崖頗不易拓。儀墨農在廣東通志局，曾親往，而告余云。九月七日燈下又記。

跋帝子碑

嘉慶丙子趙晉翁處得此本，今年始用《萃編》對讀，補正彼脱誤甚多。益信石刻非目驗親釋不可。道光癸未一雲老人記。

跋嶽麓寺碑陰

此麓山寺碑陰也，授堂《金石跋》所謂列銜書名，爲妄庸人題名交午，以致損蝕不可次第者，洵然。王氏《萃編》又云親至碑下，見是碑上多裂文。土人作亭，碑嵌亭壁甚固。碑陰所題，今不可復見矣。故司寇未經入録，然則雖損蝕，而大足寶貴。余以白金一兩，買得於江寧城北之骨董鋪中。歸檢授堂跋，尋讀殘字，自謂於墨緣不淺。甲戌歲八月望後一日，澗蘋居士記。

跋李秀殘石

雲麾殘礎在文信國祠，道光丁亥家南雅編修索得拓本見寄。千翁記。

昔年蔣春皋家藏未斷以前本，錢竹汀日記中曾載之。今不知轉流何處矣。十一月朔日再閱，又書。

跋右僕射裴遵慶神道碑大曆十年

青浦《金石萃編》所收《裴遵慶碑》闕首兩行，又每行止四十四字。此多出每行九字，乃書撰人名。雖拓本非舊，而得自趙晉齋翁所贈，宜其佳也。丙戌夏日顧千里記，時年六十有一。

跋溫府君神道碑

「唐故太常丞贈諫議大人溫府君神道碑」篆額十六字，碑凡廿七行，末行題大和七年中闕日戊午建。錢潛研文集跋云：「碑失其下截，不得建立年月」，考僧孺自平章事出鎮淮南在大和六年十二月，是碑之立當在七年以後矣。蓋所見拓本不完，無末行耳。顧千里記。

跋蒲臺尉過訥墓志銘咸通六年

此所謂《蒲臺尉過訥墓誌銘》者也，全文《山左金石志》已著錄。石舊在益都澇埠莊劉嶷家，今轉歸他氏，遂失其上半矣。思適居士漫記。

跋龍興寺殘石幢

此殘石幢在龍興寺，右爲玉清道院。余督刊《文選》開局處也。幢八面，薩僧云云是第一面首行，拓工鋪紙誤於末，書以正之，澗蘋居士。

跋北平王重修文宣王廟院記

此碑亭林有跋，在《金石文字記》，《金石萃編》及《續》皆未載，亟爲補入。又考《訪碑録》有陰，今未見。碑在定州學，當就官斯土者求之。甲戌二月記。

跋泰和井欄

案唐文宗有大和，無太和；金章宗有泰和，而無建康。疑此是十國吴楊溥之太和。當再質諸耆古也。顧千里記。

跋通判趙崇雋壙誌

誌石在法螺寺。韋光黻君繡識其僧，戊子正月，屬其椎拓。今年秋，爲錢少詹壻瞿木夫索去，同時鄧泰安之收此紙更以贈余，因記。己丑八月顧千里甫。

安之又告余，言去春君繡拉同向寺，爲我翁覓此誌，果得之庭角。仰面攲臥，腳下沙土擁沒數字，苦於難拓。君繡謀於僧，徙入佛殿後，乃手拓數紙而返。此其一耳。此誌自是可免雨淋日炙之患矣，豈非我翁癖好聒人，不辭怪笑之功德耶。余應之曰：「昔年錢竹汀少詹來遊，木夫從焉。見此誌，載於所著《養新錄》，卷十五、卷卅兩見，更無過而問者，幾至迷失。相距僅廿餘載事耳，恐將來終與人作鎮石也。且世間遭劫名刻何限，我輩但竭其拂拭呵護之心而已，能不能之數豈敢知哉。」安之去後，記其語於餘紙。

嘉慶初年，余從先外舅遊西山，於僧廚壁下見此石。詢之住持，云自土中得之，自後欲謀椎拓，竟不能如願。比道光癸未秋，自楚南歸里，因復謀將《吴郡金石志》輯成。適遇顧子湘舟談之，並屬其入山便道一訪，此刻存否。後晤湘舟，云石已無從蹤蹟矣。余疑信參半。今秋僑居綠水橋邊，顧君澗薲過談，因亦及之。澗老慨然出拓本見贈，云此係近時友人拓以見贈。石尚無恙也。余不勝欣慰。九月初三日，澗老又出此拓本示余，屬書數語，遂牽連及之。木居士瞿中溶。

此誌載孫淵翁《寰宇訪碑錄》，亦出自瞿木夫錄寄。觀前跋，則訪得後未經椎拓可知。今春澗翁倩友搜訪摹拓，亦見貽一通。吴中無唐以前刻，以後周顯德年石幢爲最古。宋石之存者，宜如何愛護珍惜也。葉汝蘭書。

跋峴山石柱題名

峴山石柱應八紙，今第六紙短僅及半。蓋此面過泐，工人省拓耳。中多《萃編》失收，覽者詳焉。甲申正月二日千翁記。

跋壽陽公主楊景通爲造鐘銘

右思琅州崇慶寺鐘銘，諸家所未見，唯載於《粤西金石略》。今鐘在廣西太平土州，其署會祥大慶四年者，宋熙寧中交趾李乾德之號。鐘主楊景通者，交趾之駙馬。定菴孝廉出此共讀，爲記紙尾。元和顧千里。

跋河陽張公□夫人殘碑元至順三年

《訪碑録》云：「河陽張公□夫人殘碑，韓彧正書。至順三年河南孟縣」者，即此也。丙戌之孟夏，吴有堂贈我。千翁記。

天后宫碑代南匯縣知縣楊承湛

澧溪公建天后宫於道光七年丁亥之歲。落成，董事沈光墉以碑文來請。先是沈之伯□□以業煙，僑居周浦。嘉慶十四年創始捐資，並行勸募。二十二年買八圖地，經營累載，未及竣事而歿。光墉踵成先志，唱率同業，前後共費番銀一千六百餘餅，乃克就緒。復樹麗牲之石，願加刊紀，所以上答貺佑，下垂久遠也。夫惟天后靈爽，非尋常地祇可比。有宋受封，歷代加號，載在祀典。福被羣生，東南廟貌，連州徧縣。而吾邑月河橋舊址既圮不存，碧霞菴姚某所壊之像又香火久廢。地居海壖，人多貿遷，日芘帡幪，報稱無所。僅百年間，方逮興舉，庀材鳩工，盡基崇飾，勤以衆合，而沈氏兩世心力也。余承乏兹土以治民，事神爲職。敍事惟實，摭詞不文。爰仿元泰定中句章黄向之意，作《迎神》、《送神》二曲，俾祀而歌之，并系於後。其詞曰：

布瑶席兮敞新宫，繽並迎兮望雲中。下澧浦兮乘回風，神之靈兮罔不屆。我航我涉兮溟渤外，呼吸肸蠁兮無小大，羌弭節兮倘佯，歆蕙肴兮椒漿，荃欣欣兮樂康。右迎神。

紛進拜兮陳詞，蹇未央兮良時。憺忘歸兮留兹，會浩歌兮變繁弦。神之駕兮儵欲旋，儼瞟眇兮從羣仙，横清涯兮焱遠舉，司安流兮奠水府。載春載秋兮不忒終古。右送神。

校勘記

思適齋書跋

卷一

〔一〕《廣韻》二十六桓 「桓」原作「恒」，據宋本《廣韻》改。

〔二〕愼 「愼」原作「幎」，據《集韻》改。

〔三〕鴚鴚 「鴚」原作「䳘」，據《集韻》改。

〔四〕三十七號 「七」原無，據《集韻》補。

〔五〕字在翰韻 「翰」原作「漢」，據《思適齋集》改。

〔六〕今誤爲「洋」 「洋」原作「詳」，據《思適齋集》改。

卷三

〔一〕闌入重出之文 「出之文」原脱，據《思適齋集·抱朴子外篇序》補。

卷四

〔一〕自是寶應二年表進之舊　「應」原作「曆」，據《思適齋集》改。

〔二〕權載之五十卷　「之」下原衍一「之」字，據《思適齋集》删。

〔三〕近世眉山成午　「成」原作「戌」，據《思適齋集》改。

補遺

〔一〕牛背散人漫題　「人」原作「入」，據文意改。

思適齋序跋

〔一〕凡經文與開成石本每合　「凡」原作「几」，據文意改。

〔二〕五朝三名　「朝」原作「期」，據文意改。

〔三〕代夏方米　「代」原作「伐」，據文意改。

〔四〕離騷　「騷」原作「驗」，據文意改。

〔五〕佔畢　「佔」原作「估」，據文意改。

〔六〕讓後人于丕時，嗚呼　「嗚」原作「烏」，據《十三經注疏》本《尚書》改。

〔七〕補公曰二字於嗚呼上　「嗚」原作「烏」，據《十三經注疏》本《尚書》改。

思適齋序跋補遺

〔一〕河水「河」原作「荷」，據《水經注》改。

思適齋書跋索引

説　明

（一）本索引收入《思適齋書跋》所列書名、篇名，按四角號碼檢字法編排。

（二）為便於檢索，凡跋文条目，篇名中首字“跋”移至末尾，用圓括弧括起。如“跋石鼓文”，索引条目作“石鼓文（跋）”。

（三）同一頁重複出現相同書名，在索引頁碼後標出其出現次數，用圓括弧括起。